*Gustav Meyrink* (eigentlich: Gustav Meyer), geboren am 19. Januar 1868 in Wien, gestorben am 4. Dezember 1932 in Starnberg. Abschluß des Gymnasiums und der Prager Handelsakademie, dann Gründung eines Bankhauses in Prag. Nach Untersuchungshaft wegen eines – unbegründeten – Unterschlagungsverdachts ist Meyrink finanziell und gesellschaftlich ruiniert. Tätigkeit als Redakteur in Wien, anschließend Mitarbeiter des *Simplicissimus* und Übersiedlung nach München (später Starnberg). Freier Schriftsteller; Autor zahlreicher – teils satirischer – Erzählungen, Romancier, Dramatiker und Übersetzer.

Gustav Meyrink

# Die Erstürmung von Serajewo

## Satiren, Fabeln und Grotesken

Elsinor Verlag

Ungekürzte Wiedergabe der ausgewählten Erzählungen nach verschiedenen zu Lebzeiten des Autors veröffentlichten Ausgaben (detaillierter Quellennachweis siehe unter «Auswahl und Textgestalt dieser Ausgabe»)

**Bibliografische Information Der Deutschen Nationalbibliothek**
Die Deutsche Nationalbibliothek verzeichnet diese Publikation in der Deutschen Nationalbibliografie; detaillierte bibliografische Daten sind im Internet über https://portal.d-nb.de abrufbar.

2. Auflage 2011
© für diese Ausgabe:
Elsinor Verlag e. K., Coesfeld 2007
Alle Rechte vorbehalten
Umschlag und Satz: Elsinor Verlag, Coesfeld
Umschlaggestaltung unter Verwendung von
Anton von Werner: Karton zum Siegesdenkmalfries, 1873
(Quelle: Zenodot Verlagsgesellschaft mbH)
Printed in Germany
ISBN 978-3-939483-03-8

*Die Erstürmung von Serajewo*

# Militär und Vaterland

# DIE ERSTÜRMUNG VON SERAJEWO

## (Aus meinen Kriegsjahren)

Nervi, im Juli 1908

Der Herbst zog ins Land, und, wie der Dichter sagt, die schönen Tage von Arranguetz waren schon vorüber. Wir saßen grad im Café Fensterl – ich denk es noch wie heut – ich und mein Freund, der Oberleutnant vom dreiundzwanzigsten, Stankowits, und schauen, ob net ein fesches Weib vorübergeht.

Was machst du heut, Stankowits, frag ich, ich geh «bacc». – Ich? ich geh «privat», sagt der Stankowits, und da geht auch schon die Glastür vom Kaffeehaus und herein stürzt der Hauptmann in Evidenz dreiundsiebzigstes Feldjägerba'on Franz Matschek.

«Wißt's ihr's schon, Krieg is, Krieg is», ruft er noch ganz atemlos. Was denn, wir beide, ich und der Stankowits, springen erregt auf, und der Stankowits ruft in der ersten Verwirrung: «Zahlen.»

«Herr Hauptmann, irrst du dich auch nicht?» sag ich und stell mich in Positur.

Es war aber kein Irrtum.

Keine Feder vermag zu schildern, was damals in der Brust von einem jeden von uns vorging. Krieg, Krieg, es ist halt doch eine greuliche Sach, so wie ich jetzt in reifen Jahren drüber denk!

Ich war noch ein blutjunger Leutnant, und es zog mir doch ein wenig das Herz zamm, wenn ich an das liebe Elternhaus dachte.
Und es waren so friedliche Zeiten gwesen, und die Nachricht des Krieges kam wie der Blitz.

Wie bekannt, saß damals unser Allerhöchster Kriegsherr Alois der Dritte, der Gütige, auf dem Throne. «Lang, lang ists her, jetzt ruht er in steinernen Särgen!»

Durch intime Beziehungen, die ich damaliger Zeit zu einer hohen Person unterhielt – pardohn, die Diskretion verbietet mir, Details anzugeben –; erfuhr ich ganz Genaues über den Ursprung und so weiter und so weiter des Krieges und wurde so einer der wenigen Sterblichen, die tiefer in dies Blatt der Weltgeschichte zu blicken vermochten.

Die Kriegserklärung erfolgte, wie allgemein bekannt, am einunddreißigsten September denkwürdiger Erinnerung.

Es war grad Rindviehausstellung. Um Schlag elf sollte eröffnet werden. Die Prachtochsen aus allen Gauen der Monarchie standen schon bekränzt beisamm und man wartete nur noch auf das Allerhöchste Eintreffen unseres geliebten Kriegsherrn.

Endlich fuhr der Galawagen vor.

Einen Augenblick später stand die hohe Gestalt Alois' III. weithin sichtbar auf der Estrade. Drei Schritte hinter ihm in goldstrotzender Uniform die hohe Person, von der ich schon sprach und später alles genau erfuhr.

Unauffällig zog unser Allerhöchster Kriegsherr aus der rückwärtigen Tasche ein Stück Papier und sah verstohlen auf die Inschrift:

«Diese Brücke dem Volke», hörte man Ihn murmeln, «nein, das ist es nicht» – und er holte eine andere Karte hervor: «Hurra» («Nein, die ist es auch nicht.»)

Dann kam eine blaue mit dem Satze: «So läute denn, Glocke, fürder.» («Sapperlot, wieder falsch.»)[1]
Der Monarch wurde bereits nervös, und man konnte bereits deutliche Zeichen Allerhöchster Ungeduld wahrnehmen.

Ein neues Billett: «Sehen Sie nur zu, daß die Verhältnisse so rasch wie möglich zu einem gedeihlichen Ende kommen.»

(«Der verflixte Franz[2] hat mir schon wieder die Zetteln durchanandbracht.»)

Ein letztes Mal tauchte die Allerhöchste Hand in die rückwärtige Tasche. – Ein rotes Billett! Ein Augenblick furchtbarer Spannung, – – und klar und fest hallte die Stimme des Herrschers, den gordischen Alexanderknoten mit einem entschlossenen Ruck zerhauend, über die Köpfe der Menge hin: «Ich – erkläre – den – Krieg!»

– – – – – – – – – – – – – – – – – – – – – – – – – – – – – – – –

1 Historisch, bitt schön.

2 «Franz», weiland Kammerdiener Seiner Majestät

Ehe irgend jemand noch so recht zur Besinnung kommen konnte, hatte der Monarch bereits elastischen Schrittes, gefolgt von der «hohen Person», die Estrade verlassen.

Die Herren vom Generalstab, die vollzählig versammelt beisammstanden, waren eine Weile in tiefster Ratlosigkeit. Erst unser unvergeßlicher Feldzeugmeister Topf Edler von Feldrind, damals der feinste Kopf unserer Armee, rettete, wie schon so oft in ähnlich kritischen Lagen, die Situation mit den entschlossenen Worten:

«Meine Herren, jetzt da muaß wos gschen.»

Und einen Augenblick später brauste auch schon die Volkshymne durch den Ausstellungsplatz.

Eine Begeisterung, von der man sich nach so viel Jahren kaum mehr eine Vorstellung machen kann, loderte auf. Das Rindvieh riß sich los und raste umher, die Prachtochsen waren kaum mehr zu halten; und stärker, immer stärker aus tausend Kehlen schwoll der Ruf: «Alois, der Dritte, der Gütige, er lebe hoch!» – Dazwischen, wie Raketen aufsteigend, gellten grimme Verwünschungen auf den Feind.

Wie stets in solchen Fällen, wanns gilt «zu den Waffen», griff die Begeisterung in wenigen Stunden auf das ganze Land über. – – Keiner wollte da zurückstehen. Selbst der Geringste brachte seinen goldenen Ehering zum Altar des Vaterlandes und tauschte ihn gegen einen eisernen Gardinenring um. – Die Mädchen zupften Tag und Nacht. (Scharpyen oder wie man das nennt.) Und was die vornehmen Damen waren, arrangierten einen Basar mit Busseln für das rote Kreuz. Pardohn den Ausdruck, aber es war eigentlich ein Gaudi. Ich denk es noch wie heute! – Trotz des Ernstes der Lage mußten wir damals insgeheim oft lächeln. – – –

Es war halt doch eine fesche Zeit! – – – –

Also, die ganze Woche denkwürdigen Datums war das Palais des Kriegsministeriums taghell erleuchtet gwesen. – Vor den Toren wogte die aufgeregte Volksmenge auf und ab, und die Polizeibeamten hatten die größte Mühe, im Schweiße ihres Angesichts den freien Verkehr zu verhindern.

Wie ich später von der angedeuteten hohen Person unter Diskretion erfuhr, hatten sich die Herren vom Generalstab lang net einigen können, gegen welche Macht eigentlich der Krieg geführt werden sollte.

«Montenegro, Montenegro», schrien fast alle, als der vorlesende Major Auditor beim Buchstaben M angelangt war, und nur der Hartnäckigkeit der besonneneren Herren ist es zu danken, die immer wieder betonten, daß in der Armee die erforderliche Beweglichkeit des Trains infolge gerade jetzt im Gange befindlicher Reorganisation desselben immerhin zu wünschen übrig ließe, und daß man sich gerade jetzt, wo es gelte, der vaterländischen Ruhmesgeschichte nach so langer Zeit wieder ein neues grünes Reis zuzufügen, vor jedem Wagnis sorgsam zu hüten habe, – – also dieser Hartnäckigkeit der besonneneren Herren ist es zu danken, daß man sich schließlich auf – – Thessalien einigte.

Dort hatte Menelaus Karawankopoulos den Thron inne, und daß er – bekanntlicher geringer Herkunft – der einzige Souverän war, der nicht mit die andern Herrscherhäuser verwandt war, gab den Ausschlag.

Erst in früher Morgenstunde des letzten Wochentags aber wurde abgestimmt und der Beschluß gefaßt, «über Auftrag eines hohen Kriegsministeriums wolle eine *sub adressa p. t.* Staatsdruckerei die Fertigstellung der neuen Generalstabskarten, insbesondere der die im Osten an die benachbarten Länder angrenzenden Militärstraßen betreffenden unverzüglich und nach Tunlichkeit beschleunigen.»

Damit war der Würfel gefallen.

«*Alea jacta est*», wie unser verewigter Oberst Chiçier immer zu sagen pflegte.

In unbeschreiblicher Erregung warteten wir alle Herren unterdessen in der Kasern auf den kommenden Befehl von oben.

Wir hatten Bereitschaft, und seit neun Uhr abends stand die Mannschaft in voller Marschadjustierung in Reih und Glied im Kasernhof.

Endlich um sieben Uhr früh, nie im Leben werd ich den Augenblick vergessen, kam der Befehl: «Zum Bahnhof!»

Und unter dem althistorischen «Tataramm, Tataramm Tataram Tataraa, – – Tataramm, tataramm, tataram» – – ging's durch die Stadt.

Mir schlug das Herz bis zum Halse hinauf. –

– – – «eine Kugeel kam gefloogen, gilt sie mir oder gilt sie dir» – hab ich fort summen müssen, wie wir so marschiert sind. – – –

Eine halbe Stunde später waren wir einwaggoniert.

– – – – – – – – – – – – – – – – – – – – – – – – – –

Unser Regiment (Oberst Chiçier) war, wie wir bald wahrnahmen, an den Bodensee kommandiert.

Das hatte nämlich seinen guten Grund.

Kaiser Karawankopoulos, dessen früherer Name eigentlich Franz Meier gwesen, hatte vor seiner Thronbesteigung bekanntlich mit seinem Bruder Xaver zusamm eine Brigantenschar befehligt. Xaver war dann in die Schweiz gangen und hatte sich als Hotelier selbständig gmacht. Da durfte naturgemäß der Gedanke, daß zwischen Thessalien und der Schweiz feine diplomatische Fäden spönnen, im Auge behalten werden.

Unser Regiment hatte die Aufgab, das hatten wir bald heraußen – koste es auch den letzten Mann – die Landung der beiden schweizerischen Kriegsschiffe «Douceur» und «Wilhelm Hô-Tell» zu verhindern, die sich unter allerhand ränkevollen Manövern und unter dem Vorwand, lediglich dem friedlichen Renken- und Weißfischfang obzuliegen, Tag und Nacht in bedrohlicher Nähe unseres Gestades hielten.

Stündlich nahm unser Oberst die Berichte der Spione aus Feindesland entgegen.

Ja, es waren Tage aufreibendster Erregung!

Da verlautete, die Schweizer hätten sofort im ersten Schrecken, als es hieß, die Kaiserlichen kommen, sämtliche Kühe des Landes mit dem «Aßßansöhr» auf die Matten geschafft. – Dann wieder kam die Nachricht, der eidgenössische Automobilfallensteller Guillaume Oechsli sei zum Admiral ernannt worden und das Eintreffen des Feldmarschalls Büebli – zurzeit noch Oberkellner im Grandhotel «Koofmich *au lac*» – könne, da sich der Fremdenstrom bereits zu verlaufen beginne, stündlich gewärtigt werden.

– «Die furchtbaren Schützen aus dem Waadtland kommen, die in Friedenszeiten die Löcher in den Emmentaler Käs schießen» – lief dann plötzlich das Gerücht um – «die ganz freien Schweizer, die nicht einmal Stiefel an den Füßen dulden und denen sich durch häufiges Waten durch die Straßen Genfs ganz von selbst und sozusagen natürliche Schuhe bilden.»

Nachts jede Minute bereit, in den Heldentod zu gehen, tags ununterbrochen die unverständlichen Commandi im «Schwizzer Dütsch», das furchteinflößende «chacharachch-hoou-gsi» von den Bergrücken schallen zu hören – – – ach, wie oft kam da der Stankowits zu mir ins Biwak, umarmte mich unter Tränen und sagte: «Freunderl, i halts nimmer aus!» – –

Eines schönen Morgens, ich hatte mir grad ein frisches Zigarettl angezündet, da tönten Alarmsignale: tatarah, tatarah, durchs ganze Lager. Überfall, Überfall war unser aller Gedanke. Kommandorufe, Hinundherrennen der Chargen, die Signale der Artillerie, die in der Hast mit ihre Gschütz mitten durch unsre Fußtruppen hindurch wollten, und so weiter und so weiter. Keiner von uns allen Herren wußte mehr, wo ihm der Kopf stand. Kurz, es war ein Durcheinand, wie es eben nur – in Kriegszeiten möglich is.

Doch bald trat wieder die kaltblütige Ruhe ein; es stellte sich heraus, daß lediglich die Feldtelegraphen unrichtige Zeichen gegeben hatten. Man hatte mit den Triёdern einige Extrazüge Lindau passieren gesehen, die, mit färbig bemalten riesigen Metallplatten beladen, neue, ganz unbekannte Geschützarten zu transportieren schienen. Es war jedoch bloß der zerlegbare künstliche Blechregenbogen vom Rigi gwesen, Nationalgut der Eidgenossenschaft, das die Schweizer wie ihren Augapfel hüteten und jetzt in ihrer Angst in Sicherheit brachten.

Aber genug nun von alledem. Als gewissenhaftem Chroniker liegt es mir ob, auch die östliche Seite des Kriegsschauplatzes zu beleuchten.

In beispiellosen Eilmärschen, wie sie in der Kriegsgschicht wohl einzig dastehen, war unser erstes, zweites und drittes Armeekorps in östlicher Richtung vorgedrungen.

Der so wenig wünschenswerte Verlauf, den leider der Feldzug trotz aller so glorreichen Einzelphasen für uns nahm, ist ja historisch, – bekanntlich aber nur auf Rechnung ganz unvorhergesehener Zufallstücken zu setzen. So glänzend unsere Regimenter am Bodensee den eventuellen Feind in Schach hielten, so sehr hatten wir im Osten mit den unglaublichsten Widrigkeiten aller Art zu kämpfen. – So blieben zum Beispiel die Generalstabskarten von der Staatsdruckerei aus und machten sich durch ihren Mangel äußerst fühlbar und so weiter und so weiter.

Irrige Deutungen des alten Moltkeschen Satzes: «Getrennt marschieren und vereint schlagen», verhängnisvoll unterstützt von allerhand eingeschlichenen sinnstörenden Schreibfehlern im Feldzugsplan, – hatten im Lauf der langen Friedensjahre Platz gegriffen und dazu gführt, daß man dem ersten Armeekorps die Munition und dem zweiten die Waffen zuteilte und beide dann *getrennt* marschieren ließ. – Das hätt net viel gmacht, wenn halt nicht grad durch einen unglückseligen Zufall das erste Armeekorps die Wegrichtung verloren und sich in Siebenbürgen verirrt hätt, so daß das zweite Armeekorps ohne eine einzige Patrone in Thessalien anlangte und nach vier Wochen, ohne einen Schuß tun zu können, unverrichteter Sache wieder heimkehren mußte.

Das dritte Armeekorps, nach altem Prinzip mit Waffe *und* Munition ausgerüstet, war leider ebenfalls abgeirrt und versehentlich viel zu weit nach Süden geraten. So sehr hatte sich das Kriegsglück gegen uns verschworen!!

Was das Verhalten des Feindes anlangt, so war uns dasselbe gleich von Beginn an vollkommen rätselhaft und geheimnisvoll.
Die Erlässe des Menelaus Karawankopoulos an seine Truppen, der übrigens mit Unrecht in der Geschichte «der Ränkevolle» genannt wird, erscheinen auf den ersten Blick vollkommen sinnlos und einem zerrütteten Gehirn entsprungen.[3] Fast könnte man sich versucht fühlen, an eine Frozzelei zu denken, wenn man nicht wüßt, es mit einem Geisteskranken haben zu tun gehabt zu haben.

So hatte der Thessalier die Todesstrafe verhängt für jeden seiner Leute, der es wagen sollte, auf einen unserer *Offiziere* zu schießen, und begründete dies seinem Stabe *vis-à-vis* mit dem wahnwitzigen Satze: «Wehe uns, wenn der Feind je ohne ‹Führung› wäre und die Mannschaft nur auf sich allein angewiesen.»

---

3 Noch heute zerbrechen sich unsere staatlich angestellten Historiker die Köpf, um den Schlüssel zu dem Vorgehen des Thessaliers zu finden.

Dieser Wahn des Karawankopoulos ging so weit, daß er insgeheim Bauern, Hirten, Zigeuner und so weiter angestellt hatte, die sogar die Telegraphendrähte in unserm (!!) Lande in Ordnung halten mußten, zerrissene Drähte nachts heimlich löteten und dergleichen, bloß damit, wie er geäußert haben soll, «die Heeresleitung in Wien ununterbrochen Einfluß auf die Kriegsführung nehmen könne.»

Kann das ein vernünftiger Mensch verstehen?

Nicht genug damit: Auf den Wegen, die unsere Infanterie zu passieren hatte, waren häufig – – Bretter gelegt, wie um uns Herren Offizieren, was die Berittenen waren, das Hinüberkommen über die Gräben zu erleichtern! Und nahm wirklich einmal ein Pferd Schaden, – wie aus dem Boden gewachsen kam immer gerade ein Strolch des Weges und brachte ein neues, lammfromm zugerittenes Tier daher. – Auf die Mannschaft dagegen hagelte es nur so blaue Bohnen aus dem Hinterhalt; zu Hunderten fielen die Kerle.

Bis heut gänzlich unaufgeklärt ist übrigens der Umstand, daß die feindliche Bevölkerung bei dem Eintreffen unseres zweiten Armeekorps in Thessalien auch nicht eine Spur von Bestürzung oder Angst an den Tag legte und alles nur hämisch grinste. Es schien fast, als ob die Schufte Wind bekommen hätten, daß die Unsrigen über keine einzige Patrone verfügten.

Wie bereits erwähnt, war inzwischen unser drittes Armeekorps unter Topf, Edlen von Feldrind, in beispiellosen Eilmärschen irrtümlich zu weit nach Süden geraten, und eines Morgengrauens eröffnete sich den staunenden Blicken des Generalstabes tief unter ihnen ein weites Tal und mitten darin eine schimmernde, trotzig befestigte Stadt.

Keinen Augenblick Zeit verlor der heißblütige heldenhafte Topf.

Alles deutete darauf hin: – die Halbmonde auf den Kuppeln – kurz, der ganze türkisch-griechische Charakter, das drohende schweigsame Fort, das Militär in den Straßen in österreichischer (!!) Verkleidung und scheinbar (!) ganz ahnungslos, alles das *mußte* doch drauf hindeuten, daß es sich hier um das Herz Thessaliens handle, und daß der ränkesüchtige Grieche offenbar die Kaiserlichen mit allerlei Blendwerk hinters Licht zu führen plane.

Mit katzenhafter Geräuschlosigkeit postierte Topf seine Truppen, eröffnete um sechs Uhr früh das Feuer und ging sofort zum Bajonettangriff über. Es kam zu einer Schlacht von noch net dagwesener Heftigkeit. – Übrigens dem gemeinen Mann alle Ehre: wie die Löwen schlugen sich die Kerle. Die Stadt wehrte sich verzweifelt; seit den Kreuzzügen sah man kein solches Ringen, und erst die sinkende Nacht gebot dem Morden Einhalt.

Mit Feldherrnblick erkannte Topf, Edler von Feldrind, bereits um vier Uhr nachmittags, daß keine Macht der Erde ihm die Siegespalme mehr werde entreißen können, und telegraphierte an unsern Allerhöchsten Kriegsherrn:

> Nach furchtbarem Kampfe feindliche Hauptstadt erstürmt, Entrinnen des Gegners unmöglich, lege Euer Majestät entscheidenden Sieg untertänigst zu Füßen.
>
> gezeichnet: Topf

Um halbfünf Uhr langte die Depesche ein, trug um sechs Uhr das Siegeshalleluja in alle Winde, und bereits um sieben Uhr waren auch unsere Regimenter am Bodensee vom Ende des Krieges in Kenntnis gsetzt und der Rückzug angeordnet.

Wir waren grad nach einem Marsch, ich hatte den Speisesaal in einem noblen Hotel in Beschlag gnommen, wie das halt in Kriegszeiten schon so is, und hatte mir zum großen Naserümpfen von einigen Gigerln, die mit ihre aufgeputzten Weiber am Nebentisch saßen, die Stiefel auszogen, um mir die Fußfetzen ein bissel auszuschlenkern, da stürmt der Stankowits herein und kann vor Tränen gar nöt reden. «Friedensschluß» ist das einzige, was er herausbringt. Na, und «in den Armen liegen wir sich beide und weinen vor Schmerzen und Freude», wie es im Liede so herrlich heißt.

War das ein Jubel! Die Kameraden umringten mich, und wir gratulierten einander unter Tränen. Die zwei Gigerln entfernten wir mit Brachialgewalt der Hetz wegen aus dem Lokal – wir waren unser sechs Herren und drei Feldwebeln – und machten dann einen Mulatschak bis zum frühen Morgen.

Wohl langte am nächsten Tag noch eine Flut von Depeschen ein, die wieder alles in Frage stellten und die Weiterführung des Krieges in Aussicht rückten, «da die Erstürmung der feindlichen Hauptstadt auf einem Irrtum beruhe», uns war aber schon alles wurst, und wie die Sachen schon einmal standen, war die Gschicht auch schon zu weit gediehen. – Unsere verheirateten Herren drängten auch schon nach Haus, und so bliebs schließlich beim Friedensschluß.

Die zweiten Depeschen wurden dann natürlich von Hoher Seite als *inoffiziell* erklärt.

Der Widerspruch in den Telegrammen ergab sich nämlich aus dem Umstand, daß die gewisse erstürmte Hauptstadt im östlichen Kriegsschauplatz noch am Abend nach der Schlacht beim Einzug Topfs Edlen von Feldrind zu spät als Serajewo erkannt und agnosziert wurde, welches Serajewo schon lange, lange gut österreichisch und schon seit Kaiser Franz Josefs Zeiten der Monarchie angegliedert ist.

So bedauerlich nun auch der, man möchte fast sagen, überflüssige Verlust von Menschenleben bei dieser abermaligen Erstürmung von Serajewo immerhin sein mag, so bietet doch der Verlauf des Feldzuges im allgemeinen und der der Schlacht im besondern eine solch reiche Fülle gewonnener strategischer Erfahrung, daß füglich die Schattenseiten mehr als ausgewetzt gelten können.

Da kann man nur sagen: das bringt das rauhe Kriegshandwerk halt schon so mit sich.

Pardohn, aber wo Licht is, da ist halt auch Schatten.

Und dann ist der Krieg eben eine notwendige Sach, das haben selbst die scharfsinnigsten Köpfe vom Zivil eingstehen müssen.

Ich für meinen Teil wenigstens möcht die Erinnerung an meine Kriegszeit net um alles in der Welt missen. Wenn ich mir so denk und mir dabei meinen martialischen Schnurrbart streich, wird mir immer so ganz eigen, man kann das gar net so recht mit Worten sagen. – Man ist halt doch wer, und wenn einem ein Feuerwehrmann oder so von weitem begegnet und sieht die Allerhöchste Dekoration, schon salutiert er stramm oder macht «Habt Acht». Und wenn man an einem öffentlichen Ort oder so in den Rasen tritt, traut sich halt doch keiner was sagen. No, und gar erst die Madeln!

Ja, wie gsagt, pardohn, aber ich für meinen Teil möcht die Erinnerung an meine Kriegsjahr net missen!!

# SCHÖPSOGLOBIN

## I

Professor Domitian Dredrebaisel, der weltberühmte Bakteriologe, habe eine wissenschaftliche Entdeckung von geradezu verblüffender Tragweite gemacht, lief das Gerücht von Mund zu Mund, von Zeitung zu Zeitung.

Ein Umgestalten des Militärwesens – gewiß wohl –, vielleicht sogar einen völligen Umsturz alles Bestehenden auf diesem Gebiete werde man zu gewärtigen haben; – warum hätte denn sonst der Kriegsminister es gar so eilig gehabt, den berühmten Gelehrten zu sich zu bescheiden? – Hm? – hieß es allgemein.

Und gar erst, als sich herausstellte, daß sich bereits an den Börsen geheime Syndikate gebildet hatten, die Entdeckung auszubeuten und Professor Dredrebaisel eine große Summe vorzustrecken, um ihm eine dringend nötige Studienreise nach – – – – Borneo zu ermöglichen, da war des Mund- und Augenaufreißens kein Ende mehr.

... «Bitt' Sie, wie kommt Borneo zum Kriegsminister», hatte gestikulierend der Herr Galizenstein, der angesehene Börsianer und Verwandte des Gelehrten gesagt, als man ihn eines Tages interviewte, – «wie kommt Borneo zum Kriegsminister!?!! Wo liegt überhaupt Borneo?»

Silbe für Silbe brachten am nächsten Tage die Zeitungen diese so sympathischen Worte des weitblickenden Finanzmannes und sie fügten noch hinzu, daß ein Experte der amerikanischen Regierung, Mr. G. R. S. Slyfox M. D. und F. R. S., soeben in Audienz bei Professor Dredrebaisel empfangen worden sei.

Natürlich steigerte sich die Neugier des Publikums bis zur Fieberhitze.

Spürnasen bestachen die Schreiber im Kriegsministerium, um Genaues über die eingereichten neuen Erfindungen usw. zu erfahren, und förderten dadurch oft ein Material zutage, das dem rastlosen Streben, das Militärwesen immer noch mehr und mehr zu vervollkommnen, wieder einmal das glänzendste Zeugnis ausstellte. – – Ganz neuartig, so urteilten Fachkreise, sei zum Beispiel eine vorgeschlagene sinnreiche Einrichtung, das Funktionieren des «Train» in Kriegs- und Manöverfällen betreffend, die es ermögliche, den bisher erzielten Erfolgsprozentsatz von Null auf das Fünffache (!!) zu erhöhen.

Geradezu *hors concours* jedoch, darüber waren alle einig, sei der genial erdachte Ehrenratautomat des Infanteriehauptmannes Gustav Bortdiner, eines wegen seiner ungemein eigenartigen Auffassung des Ehrenwortes bis weit über die Landesgrenzen berühmten Offizieres.

Man denke nur, ein Uhrwerk, schon von jedem Leutnant ohne Instruktion und Vorkenntnisse leicht zu handhaben, – ein Apparat – –, kurz und gut: ein maschineller Offiziersehrenkodex mit Wasserspülung – mit einem einzigen Griff nach jeder Richtung hin zu drehen, – der all das langwierige und mühselige Eindrillen und Vorschreiben der für die einzelnen Fälle wünschenswerten Ehrauffassung entfallen mache und an dessen Stelle das reinliche mechanische Getriebe setzte.

Vieles, vieles dergleichen kam zutage, aber von einer Erfindung oder Entdeckung des Professors Dredrebaisel nicht eine Spur.

So hieß es denn, sich in Geduld fassen, die Dinge reifen lassen wie die Früchte des Feldes und die Resultate der Expedition in Borneo abwarten.

– – – Und Monate vergingen. – – –

Alle Gerüchte von der großen Erfindung waren längst schlafen gegangen und hatten neuen Fragen Platz gemacht, da brachte eine europäische Zeitung die Nachricht, daß Professor Dredrebaisel und mit ihm vielleicht alle seine Begleiter jämmerlich umgekommen seien, – in den knappen Worten eines Telegrammes:

13. Mai. Silindong, Distrikt Pakpak, Borneo.
(Kabelbericht unseres Berichterstatters.)

«Professor Domitian Dredrebaisel wurde gestern nachts von einer Schar Orang-Utans in seinem Wohnhause in Stücke gerissen. Viele Diener und Wärter teilten sein Schicksal. Assistent Dr. Slyfox wird vermißt. Der Schreibtisch des Gelehrten ist zertrümmert. Zahllose zerfetzte Schriften und Notizen des Forschers bedecken den Fußboden.»

Das war die kurze Leichenrede, mit der eine herrliche Sache zu Grabe getragen wurde. – – –

## II

Motto:

«Mit Knöpfen das Gesäß geziert, ist stolz der Zwockel sehr,
und daß er nichts zu denken braucht, macht ihn noch stolzerer.»

Ein Brief,
den ein gewisser Dr. Ipse drei Jahre später aus
Borneo an einen Freund schrieb:

Silindong (Borneo), 1. April 1906
Mein lieber alter Freund!
Weißt du noch, wie wir uns vor langen Jahren in Maaders «Box» das Wort gaben, einander sofort zu berichten, wenn wir auf unseren Lebenswegen auf Vorkommnisse stoßen sollten, die, weit ab von den Wegen des Trosses liegend, irgend etwas Außergewöhnliches, Geheimnisvolles – in den «Ginggang» der trivialen Ereignisse, möchte ich es nennen – nicht Hineinpassendes an sich tragen? –
Siehe, mein Lieber, da hätte ich nun heute das Glück, Dir von etwas dergleichen berichten, – Dich von Deinen alchimistischen Schmökern, oder was Du sonst zurzeit wohl durchgrübeln magst – berechtigterweise aufscheuchen zu dürfen.

Wie wird Dir da drüben in Europa zumute sein, wenn einer in dem fernen Borneo es wagt, die Axt der Erkenntnis an die Wurzeln Deiner unbegrenzten Verehrung gegenüber allem, was da heißet «Kriegerkaste», zu legen? –

Könnte ich Dich doch, wenn Du diesen Brief gelesen, ein Weilchen belauschen, ob sich nicht gar bald in Deiner Seele da die Begriffe Uniformstolz und Vaterlandsliebe voneinander lösen mögen, etwa wie die tragantene Inschrift von einem Pfefferkuchenreiter abfällt, auf den es schon zu lange geregnet hat. –

Sag, hast Du nie darüber nachgedacht, woher es wohl kommen mag, daß gebildete Leute gleichen Standes – ja sogar Friseure – einander «Kollegen» (auf deutsch soviel wie Menschen, die etwas gemeinsam lesen, studieren) nennen, während der «Zwockel»-stand – erinnerst Du Dich noch dieses famosen, phonetisch so überaus bezeichnenden Spitznamens für Offiziere? –, während der Zwockelstand sich untereinander mit «Kamerad» anredet?! (von *camera* = Kammer = in einer gemeinsamen Kammer schlafen, lungern).

Mir fällt da immer die gelungene Überschrift des mittelalterlichen Gelehrten van Helmont zu einem seiner Kapitel ein: «Was for Tieffsinnen und Geheimbnus in denen Worten und Austrücken lieget.» – –

Doch nun kopfüber in den Strudel der Begebnisse! –

Also rate einmal, wen ich hier kennen gelernt habe. Niemand anders, als Mr. G. R. S. Slyfox M. D. und F. R. S., den ehemaligen Assistenten des unglücklichen Professors Dredrebaisel. Denke nur!

Hier in Silindong, in den tieffsten Urwäldern Borneos! – Mr. Slyfox ist nämlich der einzig Überlebende der damaligen Expedition und hatte sofort nach dem Tode des Professors D. D., dessen Versuche er ganz allein, und zwar von Anbeginn leitete, – in Wahrheit war Professor D. D. immer nur vorgeschobene Person, – Borneo verlassen und war nach Europa gereist, um mehreren Staaten, darunter vor allem demjenigen, der gleich anfangs ein so großes Interesse gezeigt und den wir alle so ungemein schätzen und lieben, – seine Entdeckung oder besser gesagt Erfindung in einem vervollkommneten Zustande anzubieten.

Wie dies Vorhaben ausfiel, davon später, – genug, gegenwärtig sitzt Mr. Slyfox wieder hier in Silindong – arm wie eine Kirchenmaus – und setzt seine Studien fort.

Worin denn Professor D.s, besser gesagt Mr. Slyfox' Erfindung eigentlich bestand, möchtest Du Ungeduldiger gerne wissen!

Nicht wahr? Also höre:

Jahrzehntelang hatte Mr. Slyfox sich mit Impfstatistik abgegeben und war zu der Wahrnehmung gelangt, daß in Länderstrichen, in denen der Blatternimpfstoff nicht mehr vom Menschen, sondern vom Kalbe genommen wurde, sich eine auffallende Zunahme von «Vaterlandsverteidigungstrieb», auch da, wo nicht der geringste Anlaß vorlag, geltend machte.

Von dieser Wahrnehmung bis zu seinen späteren epochalen Versuchen war in Mr. Slyfox' Erfinderhirn nur ein Schritt.

Mit der Treffsicherheit des Amerikaners, dem nichts heilig ist, brachte er das erwähnte Symptom direkt mit dem minderwertigen Denkvermögen des Kalbes in Zusammenhang, und eine Kette von Experimenten war gegeben.

Schon die ersten Versuche mit einigen ausgewählten Exemplaren männlicher, aber chirurgisch korrigierter Schafe – das, was wir Laien kurzweg «Schöps» nennen – schlugen glänzend ein.

Passierte der von solchen Schöpsen gewonnene Impfstoff – das sogenannte *Schöpsoglobin simplex A* – überdies noch die Blutbahn von ein bis zwei Faultieren, so wurde er derart wirksam, daß er, auf jugendlich unbefangene Personen übertragen, in kürzester Zeit eine Art primären, patriotischen Kollers hervorrief.

Bei erblich belasteten Individuen steigerte sich dieser Zustand in zwei Fällen sogar bis zur sogenannten unbehebbaren progressiven Patriomanie.

Welch tiefgehende Veränderung sich dabei auch im künstlerischen Innenleben des Geimpften abspielte, belegt wohl am besten der Fall, daß ein solcher Impfling, einer unserer geschätztesten berittenen Dichter, seinen neuesten Gedichtband mit den Zeilen beginnen ließ:

«Sie, Schwert an meiner Linken – äh,
Was soll Ihr heitres Blinken – äh!»
Usw. usw.

Doch das nur so nebenbei.

Anfangs, das weißt Du ja, interessierte sich die Regierung sehr für die Erfindung, die unter dem Namen des Professors Dredrebaisel starten sollte, und ein Syndikat schoß die Kosten der Expedition vor.

In Silindong, in den dichtesten Urwäldern Borneos, der Heimat des Orang-Utans, wurden auch so rasch wie möglich etwa zweihundert solcher Affen eingefangen und unverzüglich mit *Schöpsoglobin simplex A* geimpft.

Mr. Slyfox sagte sich nämlich, daß die potenzierten Lymphprodukte, wie sie aus dem Faultier gezogen werden können, schon infolge der großen Seltenheit solcher Tiere für die Massenanwendung im Militärwesen viel zu teuer kämen.

Was nun dem Faultier angesichts seines wesentlichen Überschusses an Stupidität zugunsten der Impfstoffverstärkung anhafte, das lasse sich gewiß, so hoffte der Gelehrte, durch das überwiegend Affenartige beim Orang-Utan vorteilhaft ersetzen.

Die unheilvollen Folgen, die das Zusammensperren so vieler starker Tiere nach sich ziehen sollte, konnte natürlich niemand voraussehen.

Die Schreckensnacht, in der die Affen ihre Käfige zerbrachen und alles kurz und klein schlugen, den Professor D. D. und die malaiischen Wärter töteten, hätte bei einem Haare auch Mr. Slyfox (er entrann nur wie durch ein Wunder dem Tode) das Leben gekostet.

Nach vollbrachtem Zerstörungswerk hatten die Orang-Utans tagelang eine Beratung abgehalten, deren Zweck und Ziel anfangs völlig rätselhaft erschien, später aber jenes durchdringende Licht auf die Wirkung des Schöpsoglobins und was damit zusammenhängt werfen sollte.

Von einem sicheren Verstecke aus hatte der Amerikaner genau beobachten können, wie die Affen nach schier endlosem Geschnatter aus ihrer Mitte einen Anführer wählten – und zwar jenes Exemplar, das schon während seiner Gefangenschaft als gänzlich vertrottelt allgemein aufgefallen war – und ihm sodann Goldpapier (!), das sie in einer zertrümmerten Kiste gefunden hatten, auf das Gesäß klebten.

Der Vorgang, der sich unmittelbar darauf vor den Augen des Gelehrten abspielte, war ebenfalls ganz danach angetan, höchstes Erstaunen zu erregen.

Die Orang-Utans scharten sich nämlich in Trupps, nahmen Äste und Ruten, oder was sie sonst in der Eile erwischten, über die Schulter und zogen eng aneinander geschart, während der Anführer mit wichtiger Miene ein Stück vorausschritt, aufrecht durch die Urwaldpfade.

Von Zeit zu Zeit stieß der Goldbeklebte ein schmetterndes:

Gwääh – Gwegg, Gwääh – Gwegg

aus und dann kam es über alle wie eine finstere Ekstase.

Ihr Ausdruck nahm etwas seltsam Verbiestertes an, sie warfen mit einem Ruck das Gesicht nach links und hackten beim Gehen wie die Tobsüchtigen mit den Fersen in die Erde.

Es muß ein unvergeßlicher Anblick gewesen sein. –

«Augenblicke lang», das sind Mr. Slyfox' eigene Worte, «war mir, als sei ich nicht mehr im Urwalde, sondern ganz, ganz anderswo. – In irgendeiner Kaserne Europas.

Und als ich später gar mit ansah, wie die Affenschar ein widerstrebendes Exemplar festhielt und vor ihm auf einem erbeuteten Lederhutkoffer so lange einen ohrenzerreißenden Spektakel vollführte, bis auch dieser Widerspenstige von der ‹primären patriotischen Ekstase› ergriffen war, – da überwältigte mich förmlich eine Flut neuartiger Ideen.

Nie haben diese Affen ein Vorbild gehabt, sagte ich mir, und doch sind auch sie auf den Gedanken gekommen, das Gesäß mit Gold zu verzieren, – wollen dadurch den Eindruck des Kriegerischen erwecken und sind auf Institutionen verfallen, die, im Lichte wahrer Erkenntnis betrachtet, sicherlich von der Einwirkung schöpsoglobinartiger Stoffe herrühren müssen, die das Hirn umnebeln, gleichgültig nun, ob sie eingeimpft wurden, oder durch vererbte Borniertheit in ihrem Wachstum begünstigt im Körper als Eigengifte entstehen.»

– – – – –

Mit Absicht führe ich Dir, mein lieber alter Freund, den Ideengang des Mr. Slyfox nicht weiter aus.

Schon um Dir den raffinierten Genuß, alles selbst zu Ende denken zu dürfen, nicht vorweg zu nehmen.

Wenn mir nun etwa beifiele, zu behaupten, daß Zwockeldünkel mit wirklicher Vaterlandsliebe gar nichts zu tun hat und zum großen Teile aus dem dunkeln Wunsch entspränge, auf «Dirnengemüter» beiderlei Geschlechtes «Eindruck» zu machen, – eine Art lächerlicher Auerhahn-balz zu imitieren, – sag, müßtest Du mir da jetzt nicht recht geben?

Oder wäre es wirklich möglich, daß zwei so alte Freunde – so innig miteinander verwittert – betreffs einer so fundamentalen Wahrheit auch nur einen Augenblick zweierlei Meinung sein könnten?!

Und würde es im andern Falle nicht genügen, sich das Bildungsniveau des «Zwockelstandes» – natürlich habe ich immer – auch hier – eine ganz spezielle Großmacht im Auge – zu vergegenwärtigen?

Doch weg mit allen Betrachtungen.

Ich wollte Dir nur noch berichten, wie sich die Staaten, denen Mr. Slyfox das Schöpsoglobin anbot, verhielten.

Der eine refüsierte kurz und wollte erst die Wirkung in andern Ländern beobachten.

Der zweite Staat äußerte sich, wie üblich inoffiziell und durch eine Mittelsperson, in dem Sinne, daß die überwiegende Mehrzahl seiner Bevölkerung dank angestammter Fürstenliebe und des nachhaltigen tiefen Eindruckes frühzeitig auswendig gelernter Zitate, patriotischer Gesänge, sowie sinnreich erdachten bunten Kinderspielzeugs usw. usw. – sich sowieso schon auf dem wünschenswerten Standpunkt befände.

Ein Impfprozeß wie der vorgeschlagene, dem überdies durch das bedauerliche Hinscheiden des Herrn Professors Dredrebaisel die Garantie entzogen sei, erscheine daher noch verfrüht; – ganz abgesehen davon, daß nach Ansicht von Fachleuten durchaus nicht erwiesen sei, ob nicht auch das Schöpsoglobin nach Art anderer Toxine in einiger Zeit die Veranlassung zur Bildung sogenannter Schutzstoffe im Blute geben könne, wodurch sodann die gerade entgegengesetzte Wirkung eintreten müsse.

Im übrigen verfolge man nach wie vor die Versuche des Mr. Slyfox mit lebhaftem Interesse und werde stets usw. usw.

– – – – So sitzt nun Mr. Slyfox mit seinem Unternehmen auf dem Trockenen und muß wohl oder übel seine Impfversuche hier an allerlei Getier fortsetzen.

Und ich helfe ihm dabei.

Bleiben wider Erwarten die ganz großen Erfolge aus, so sind wir beide fest entschlossen, ein Rhinozerus einzufangen und zu impfen.

Das muß dann – daraufhin verbürgt sich Mr. Slyfox – jeden Skeptiker überzeugen.

Damit Du aber, alter Freund, nicht etwa um mein Leben zitterst, so wollte ich Dir noch sagen, daß uns von den Affen keine Gefahr mehr droht.

Wir haben uns ebenfalls das Gesäß mit Flitter geschmückt, und wenn wir beim Herannahen der Tiere nur jede Intelligenzäußerung scharf unterdrücken, so werden wir für Offiziere gehalten und hoch geachtet und sind vollkommen sicher. Du wirst vielleicht sagen, es sei das charakterlos von mir, aber ich bitte Dich, was muß man nicht alles tun, wenn man nun schon einmal unter Orang-Utans leben muß.

Jetzt aber heißt es hastig schließen, draußen – ganz nahe schon – höre ich das schneidige

Gwääh – Gwegg; Gwääh – Gwegg

der Vaterlandsaffen.

Herzlichst grüßt Dich daher in Eile

Dein alter Egon Ipse

# DIE SCHWARZE KUGEL

Anfangs sagenhaft – gerüchtweise – ohne Zusammenhang drang aus Asien die Nachricht in die Zentren westlicher Kultur, daß in Sikkhim – südlich vom Himalaja – von ganz ungebildeten, halbbarbarischen Büßern – sogenannten Gosains – eine geradezu fabelhafte Erfindung gemacht worden sei.

Die anglo-indischen Zeitungen meldeten zwar auch das Gerücht, schienen aber schlechter als die russischen informiert, und Kenner der Verhältnisse staunten hierüber nicht, da bekanntlich Sikkhim allem, was englisch ist, mit Abscheu aus dem Wege geht. –

Das war wohl auch der Grund, weshalb die rätselhafte Erfindung auf dem Umwege Petersburg–Berlin nach Europa drang.

Die gelehrten Kreise Berlins waren fast vom Veitstanz ergriffen, als ihnen die Phänomene vorgeführt wurden.

Der große Saal, der sonst nur wissenschaftlichen Vorträgen diente, war dicht gefüllt.

In der Mitte, auf einem Podium, standen die beiden indischen Experimentatoren: der Gosain Deb Schumscher Dschung, das eingefallene Gesicht mit heiliger weißer Asche bestrichen, und der dunkelhäutige Brahmane Radschendralalamitra, – als solcher durch die dünne Baumwollschnur kenntlich, die ihm über die linke Brusthälfte hing.

An Drähten von der Saaldecke herab waren in Mannshöhe gläserne, chemische Kochkolben befestigt, in denen sich Spuren eines weißlichen Pulvers befanden. Leicht explodierbare Stoffe, vermutlich Jodide, wie der Dolmetsch angab.

Unter lautloser Stille des Auditoriums näherte sich der Gosain einem solchen Kochkolben, band eine dünne Goldkette um den Hals des Glases und knüpfte die Enden dem Brahmanen um die Schläfen. – Dann trat er hinter ihn, erhob beide Arme und murmelte die Mantrams – Beschwörungsformeln – seiner Sekte. –

Die beiden asketischen Gestalten standen wie Statuen. Mit jener Regungslosigkeit, die man nur an arischen Asiaten sieht, wenn sie sich ihren religiösen Meditationen hingeben.

Die schwarzen Augen des Brahmanen starrten auf den Kolben. Die Menge war wie gebannt. –

Viele mußten die Lider schließen oder wegsehen, um nicht ohnmächtig zu werden. – Der Anblick solcher versteinerter Gestalten wirkt wie hypnotisierend, und mancher fragte flüsternd seinen Nebenmann, ob es ihm nicht auch scheine, als ob das Gesicht des Brahmanen manchmal wie in Nebel getaucht sei. –

Dieser Eindruck wurde jedoch nur durch den Anblick des heiligen Tilakzeichens auf der dunklen Haut des Inders erweckt, – ein großes weißes U, das jeder Gläubige als Symbol Vishnus des Erhalters auf Stirne, Brust und Armen trägt.

Plötzlich blitzte in dem Glaskolben ein Funken auf, der das Pulver zur Explosion brachte. – Einen Augenblick: Rauch, dann erschien in der Flasche eine indische Landschaft von unbeschreiblicher Schönheit. – Der Brahmane hatte seine Gedanken projiziert! –

Es war der Tadsch Mahal von Agra, jenes Zauberschloß des Großmoguls Aurungzeb, in dem dieser vor Jahrhunderten seinen Vater einkerkern ließ.

Der Kuppelbau aus bläulichem Weiß wie Kristallschnee – mit schlanken Seitenminaretts – in einer Pracht, die den Menschen auf die Knie zwingt, warf sein Spiegelbild auf den endlosen schimmernden Wasserweg zwischen traumgeschmiegten Zypressen. –
Ein Bild, das dunkles Heimweh weckt nach vergessenen Gefilden, die der Tiefschlaf der Seelenwanderung verschlungen. – – – – –

— — — — — — — — — — — — — — — — — — — — — — —

Stimmengewirr der Zuschauer, ein Staunen und Fragen. – Die Flasche wurde losgewickelt und ging von Hand zu Hand.

Monatelang halte sich so ein fixiertes plastisches Gedankenbild, übersetzte der Dolmetsch, zumal es der immensen stetigen Vorstellungskraft Radschendralalamitras entsprungen sei. – Projektionen europäischer Gehirne dagegen hätten nicht annähernd solche Farbenpracht und Dauer.

Viele ähnliche Experimente wurden noch gemacht, bei denen teils wieder der Brahmane, teils einer oder der andere der berufensten Gelehrten die Goldkette um die Schläfen knüpfte. Klar wurden eigentlich nur die Vorstellungsbilder der Mathematiker; – recht sonderbar fielen hingegen die Resultate aus, die den Köpfen juridischer Kapazitäten entsprangen. – Allgemeines Staunen aber und Kopfschütteln bewirkte die angestrengte Gedankenprojektion des berühmten Professors für innere Medizin, Sanitätsrats Mauldrescher. – Sogar den feierlichen Asiaten blieb der Mund offen: Eine unglaubliche Menge kleiner mißfarbener Brocken, dann wieder ein Konglomerat verschwommener Klumpen und Zacken war in dem Versuchskolben entstanden.

«Wie italienischer Salat», sagte spöttisch ein Theologe, der sich vorsichtshalber gar nicht an den Experimenten beteiligt hatte.

Besonders der Mitte zu, wo sich bei wissenschaftlichen Gedanken die Vorstellungen über Physik und Chemie niederschlagen, wie der Dolmetsch betonte, – war die Materie gänzlich versulzt.
Auf Erklärungen, wieso und wodurch die Phänomene eigentlich zustande kämen, ließen sich die Inder nicht ein. «Später einmal, – später» – sagten sie in ihrem gebrochenen Deutsch. – – – – – – – –
– – – – – – – – – – – – – – – – – – – – – – – – –

Zwei Tage darauf fand wieder eine Vorführung der Apparate – diesmal halbpopulär – in einer andern europäischen Metropole statt.

Wieder die atemlose Spannung des Publikums und dieselben bewundernden Ausrufe, als zuerst unter der Einwirkung des Brahmanen ein Bild der seltsamen tibetanischen Festung Taklakot erschien.

Abermals folgten die mehr oder weniger nichtssagenden Gedankenbilder der Stadtgrößen.

Die Mediziner lächelten nur überlegen, waren jedoch diesmal nicht zu bewegen, in die Flasche – hineinzudenken.

Als endlich eine Gesellschaft Offiziere näher trat, machte alles respektvoll Platz. – Na selbstverständlich! – – – –

«Gustl, was meinst, denk du amol wos», sagte ein Leutnant mit gefettetem Scheitel zu einem Kameraden.

«Ah, – i nöt, mir is vüll z'vüll Ziwüll do.»

«Na aber ich biddde, ich biddde, doch einer von die Herren – – – – – – –» forderte gereizt der Major auf.

Ein Hauptmann trat vor: «Sö, Dolmetscher, kann ma sich a wos Idealls denken? I wüll ma wos Idealls denken!»

«Was wird es denn sein, Herr Hauptmann?» («Auf den Zwockel bin ich neugierig», schrie einer aus der Menge.)

«No», sagte der Hauptmann, «no, – i wier halt an die ehren-rädddlichen Vurschriften denken!»

«Hm.» Der Dolmetsch strich sich das Kinn. «Hm, – ich – hm, ich denke, Herr Hauptmann, – hm, – dazu – hm – sind die Flaschen vielleicht doch nicht widerstandsfähig genug.»

Ein Oberleutnant drängte sich vor. «Alsdann laß mich, Kamerad.»

«Ja, ja, laßt's 'n Katschmatschek», schrien alle. «Dös is a scharfer Denker.»

Der Oberleutnant legte sich die Kette um den Kopf. – «Bitte» (– verlegen reichte ihm der Dolmetsch ein Tuch –) «bitte: ... Pomade isoliert nämlich.» –

Deb Schumscher Dschung, der Gosain mit seinem roten Lenden-tuch und dem weißgetünchten Gesicht, trat hinter den Offizier. – Er sah diesmal noch unheimlicher aus als in Berlin.

Dann hob er die Arme. – – – – –

Fünf Minuten – – – – –

Zehn Minuten – – – nichts.

Der Gosain biß vor Anstrengung die Zähne zusammen. Der Schweiß lief ihm in die Augen.

Da! – Endlich. – – Das Pulver war zwar nicht explodiert, aber eine sammetschwarze Kugel, so groß wie ein Apfel, schwebte frei in der Flasche. –

«Dös Werkl spüllt nimmer», entschuldigte sich verlegen lächelnd der Offizier und trat vom Podium herab. – – Die Menge brüllte vor Lachen. –

Erstaunt nahm der Brahmane die Flasche – – Da! – Wie er sie bewegte, berührte die innen schwebende Kugel die Glaswand. Sofort zersprang diese, und die Splitter, wie von einem Magnet angezogen, flogen in die Kugel, um darin spurlos zu verschwinden.

Der sammetschwarze runde Körper schwebte unbeweglich frei im Raum. –

Eigentlich sah das Ding gar nicht wie eine Kugel aus und machte eher den Eindruck eines gähnenden Loches. – Und es war auch gar nichts anderes als ein Loch. –

Es war ein absolutes: – ein mathematisches «Nichts»! – Was dann geschah, war nichts als die notwendige Folgeerscheinung dieses «Nichts». – Alles an dieses «Nichts» angrenzende stürzte naturnotwendig hinein, um darin augenblicklich ebenfalls zu «Nichts» zu werden, d. h. spurlos zu verschwinden.

Wirklich entstand sofort ein heftiges Sausen, das immer mehr und mehr anschwoll, denn die Luft im Saale wurde in die Kugel hineingesaugt. – – – Kleine Papierschnitzel, Handschuhe, Damenschleier – alles riß es mit hinein. –

Ja, als ein Offizier mit dem Säbel in das unheimliche Loch stieß, verschwand die Klinge, als ob sie abgeschmolzen wäre. –

«Jetzt dös geht zu weit», rief der Major bei diesem Anblick, «dös kann i nöt dulden. Geh' mer, meine Herren, geh' mer. Biddde, – ich biddde.» –

«Was host dir denn denkt, eigentlich, Katschmatschek?» fragten die Herren beim Verlassen des Saales.

«I? – No – – – – wos ma sich halt a so denkt.»

– – – – – – – – – – – – – – – – – – – – – – – – – – – – –

Die Menge, die sich das Phänomen nicht erklären konnte und nur das schreckliche, immer mehr anwachsende Sausen hörte, drängte angsterfüllt zu den Türen.

Die einzigen Zurückbleibenden waren die beiden Inder.

«Das ganze Universum, das Brahma schuf, Vishnu erhält und Siva zerstört, wird nach und nach in diese Kugel stürzen», sagte feierlich Radschendralalamitra, «– das ist der Fluch, daß wir nach Westen gingen, Bruder!»

«Was liegt daran», murmelte der Gosain, «einmal müssen wir alle ins negative Reich des Seins.»

# DAS VERDUNSTETE GEHIRN

## Dem Schuster Voigt in Ehrfurcht gewidmet

Hiram Witt war ein Geistesriese und als Denker gewaltiger und tiefsinniger noch als Parmenides. Offenbar, – denn über seine Werke sprach überhaupt nicht ein einziger Europäer.

Daß es ihm schon vor zwanzig Jahren gelungen war, aus animalischen Zellen unter dem Einfluß des magnetischen Feldes und durch mechanische Rotation vollständig ausgebildete Gehirne auf Glasplatten wachsen zu lassen, – Gehirne, die, nach allem zu schließen, sogar selbständig zu denken vermochten, – hatte zwar hie und da in Zeitungen gestanden, – wissenschaftliches, tieferes Interesse aber hatte es nicht erweckt.

Derlei Dinge passen auch gar nicht in unsere Zeit. Und dann, – was sollte man in Deutsch sprechenden Ländern mit selbständig denkenden Gehirnen?!

Als Hiram Witt noch jung und ehrgeizig war, hatte er fast jede Woche ein oder zwei der von ihm mühsam erzeugten Gehirne in die großen wissenschaftlichen Institute geschickt, – man möge sie prüfen, – sich äußern über sie!

Das war denn auch gewissenhaft geschehen; – der Wahrheit die Ehre.

Man hatte die Dinger in gläsernen Dosen warm gestellt, ihnen sogar von dem berühmten Gymnasialprofessor Aurelian Fließpapier gründliche Vorträge über Häckels Welträtsel halten lassen – auf die Einmischung einer hohen Persönlichkeit hin natürlich –, aber die Resultate waren derart unerfreulicher Natur gewesen, daß man von weiteren Bildungsversuchen abzusehen sich fast gezwungen sah. Man denke nur: schon bei Einleitung des Vortrages waren die meisten Gehirne unter lautem Knall geplatzt, andere wieder hatten ein paarmal wild gezuckt, waren alsbald unauffällig krepiert und hatten dann gräßlich gestunken.

Ja, eines sogar, ein starkes lachsfarbenes Exemplar, soll sich blitzschnell umgedreht, seine gläserne Dose gesprengt haben und die Wand hinaufgeklettert sein.

Und was der große Chirurg Professor Wasenmeister über die Gehirne gesagt hatte, war auch recht abfällig gewesen.

«Ja, wenn es noch Blinddärme wären, die man herausschneiden könnte», hatte er gesagt, – «aber Gehirne!

In Gehirnen gibt es doch gar keine Blinddärme.»

Die neue Erfindung war damit abgetan. – –

Das ist jetzt Jahre her.

Hiram Witt hat seitdem Gehirne nur noch an den Restaurateur Kempinski geliefert, – fünfzig Prozent billiger als die Metzger der Stadt – und mit dem Erlös sein Leben und die Kosten neuer Versuche bestritten.

– – – – – – – – – – – – – – – – – – – – – – – – – – – – – – –

Eines Tages nun saß er wieder einmal in seinem Studierzimmer, Schnedderedengstraße Nr. 8 im dritten Stock, regungslos wie ein Steinbild, vor einer Glasscheibe, die sich in stählernen Achsensystemen mit so rasender Schnelle drehte, daß sie nur noch einem matt leuchtenden Nebel glich.

Die ganze Nacht hatte er bei dem Experimente zugebracht und mit starrem Auge den Verlauf beobachtet.

Wissen die verborgenen Kräfte der Natur den Zeitpunkt gekommen, wo sie ihr Geheimnis der Willkür des Menschen preisgeben müssen, so verschließen sie eifersüchtig mit unsichtbaren Händen die Pforten seiner Sinne vor dem Außen und verraten im kaum vernehmlichen Flüstertone der Seele den verborgenen Pflanzort ihres Wesens, ihren Namen und wie sie gerufen sein wollen und wie man sie bannt; sie hassen die müßigen Horcher, die an den Schwellen des Bewußtseins lungernden Gedanken, und da darf kein Mitwisser sein.

In solchen Augenblicken überfällt uns ein fremdartiges, lauerndes Wachsein der Innenwelt, und es ist, als hämmere sich der Puls einen neuen ungewohnten Rhythmus.

Als hätte der Atem sein eigenes Leben vergessen, drängt sich eine andere als die grobe atmosphärische Luft – ein unbekanntes, unwägbares Flüssiges – heran, unser Blut zu ernähren.

So schien seit Mitternacht Hiram Witt – ohne Atem, fast ohne Herzschlag – nichts anderes mehr wahrzunehmen, als die schimmernde gläserne Scheibe, die vor ihm – ein aus seinem Körper ausgetretener stoffgewordener Gedanke – surrend um ihre Achse wirbelte.

Die hallenden, langgestreckten Töne, die nächtlich eine schlummernde Stadt durchziehen, wie einsame fliegende Eulen, trafen sein Ohr nicht.

Und die schattenhaften Arme des Schlafdämons, wie er um die zweite und fünfte Stunde leise, leise aus dem Boden wächst, – hinter Schränken und Türen hervor hinter die Wachenden huscht, mit flaumweichen schwarzen Riesenhänden nach den noch glimmenden Funken des Bewußtseins der Wesen zu schlagen, – glitten machtlos an ihm ab.

Der tappende Morgen ging an ihm vorbei, die Sonne schob das zwergenhafte Licht seiner Lampe beiseite, – er fühlte es nicht und wußte es nicht.

Unten auf der belebten Straße die schrillenden Pfeifen und das klingende Spiel der Soldaten, die – goldbeknopft – vor sich das symbolische Ochsenhorn, die Stadt durchzogen, er hörte es nicht.

Es wurde zwölf Uhr, und die Mittagsglocken fielen brüllend über das kläffende Gassengelärm her, da endlich zuckte Hiram Witts Hand in die schwirrenden Räder und brachte das Getriebe zum Stehen.

In einer Mulde der Glasscheibe war jetzt ein kleines menschliches Gehirn sichtbar und an ihm, – wie sich der Gelehrte mit einem hastigen Blick überzeugte, – ein winziger Nervenansatz, – der Beginn, der Keim – eines Rückenmarkes!

Hiram Witt taumelte vor Erregung.

Da! Da!

Gefunden, – endlich hatte er es gefunden, – das letzte fehlende Glied in der Kette: Mathematische, rein gedankliche Größen die Achsen des Weltalls!

Nichts sonst!

Kein Rest, kein Kern mehr, um den sich die Eigenschaften scharen, bloß Gleichgewicht-gebärende Zahlen; – und ihr Verhältnis zueinander allein des Lebens einzige Wurzel. – Sichtbarkeit, Greifbarkeit, Schwere, – wie sie verschwinden! Wie Rechenfehler verschwinden! –

Gehirn verhält sich zu Rückenmark, wie die Schwerkraft zur Zentrifugalen. Das war des letzten Rätsels Lösung.

Ja, ja, wer richtig es begreift und die simpeln Handgriffe kennt, der kann es auch sichtbar machen und fühlbar, – «stofflich», wie es die Tölpel nennen.

Hiram Witt sah ganz verstört um sich, – die Brandung seiner Gedanken, die sein Inneres durchbrausten, – verwirrte ihn.

Er mußte sich orientieren, wo er eigentlich sei, und beinahe wäre er heftig erschrocken, als sein Blick auf den nackten menschlichen Körper fiel – gegenüber an der Wand, – den er mühsam durch volle zwanzig Jahre aus winzigen Zellen großgezogen, – wie man einen Gummibaum großzieht, – und der nun als erwachsenes, bewußtloses Geschöpf vor ihm stand. Hiram Witt lächelte froh: «Auch eine meiner überflüssigen Arbeiten!

Wozu überhaupt einen Körper bauen?

Kann ich nur Gehirn und Rückenmark hervorbringen, was soll mir da noch solcher Betätigungsplunder?»

Und wie der wilde Jäger ruhelos mit seinen gespenstischen Hunden vorwärts rast, so stürmte seine Seele mit krausen Gedanken in eine phantastische Zukunft, wo er Weltenkörper aus dem Reiche des Seins werde schwinden machen können, wie ein Divisor Zahlenmassen zerstört.

– – – – – – – – – – – – – – – – – – – – – – – – – – – – –

– – – – – – – – – – – – – – – – – – – – – – – – – – – – –

Ein hundertstimmiges Hurra von der Straße herauf zerriß die Luft, Hiram Witt öffnete schnell das Fenster und blickte hinaus:

Ein Strolch mit einer Soldatenmütze und ein Pavian in Offiziersuniform waren in einer Droschke vorgefahren und musterten – umstanden von einer begeisterten Menge und einem Halbkreis in Ehrfurcht versunkener Schutzleute – die Fassade des Hauses.

– Und gleich darauf begannen die beiden, der Affe voran, den Blitzableiter hinaufzuklettern, bis sie im ersten Stock anlangten, die Scheiben zerschlugen und einstiegen.

Einige Minuten später warfen sie Kleider, Möbel und einige Handkoffer durch das Fenster auf die Straße hinab, erschienen dann wieder auf dem Sims und setzten ihre Kletterei zum zweiten Stock fort, wo sich dasselbe Schauspiel wiederholte.

Hiram Witt begriff sofort, was ihm bevorstand, und suchte rasch in seinen Taschen zusammen, was er an Geld und Geldeswert besaß.

Im selben Augenblick schwangen sich der Affe und der Strolch auch schon über die Fensterbrüstung ins Zimmer. – – –

– – – «Ich bin», sagte der Strolch, «ich bin ...»

«Ja, ja, ich weiß, Herr Hauptmann, Sie sind der Gauner, der gestern das Rathaus von Köpenick erobert hat», fiel ihm der Gelehrte in die Rede.

– Eine Sekunde nur war der Strolch sprachlos, dann wies er stolz auf das buntgefärbte Hinterteil des Pavians und sagte: «Dieser Herr in Uniform ist meine Legitimation, äh.»

«Wahrlich, – das Gesäß, man überschätzt es heutzutage allzusehr», dachte Hiram Witt und reichte schlicht 4 Mark 50 Pfennig, eine Uhrkette aus Silber und drei goldene ausgefallene Zahnplomben hin: «Das ist alles, was ich für Sie tun kann.»

Der Strolch wickelte die Beute sorgsam in Papier, steckte sie in die Tasche und schrie: «Schweinehund! Äh! Hacken zuu–samm'!» – –

Und während Hiram Witt gehorsam Folge leistete, schwangen sich der Pavian und der Strolch in würdevoller Haltung aus dem Fenster. – –

Unten ertönte das Hurra der Schutzleute, als man der Uniformen abermals ansichtig wurde.

– – – – – – – – – – – – – – – – – – – – – – – – – – – – – –

Traurig setzte sich der Gelehrte wieder an seinen Experimentiertisch: «Da heißt es, schnell sechs Gehirne für Kempinski fertig machen, um den Schaden wieder einzubringen.

Übrigens halt, eines, scheint mir, ist noch von gestern übrig.»

Und er holte unter dem Bett einen Teller mit einem prächtigen lebenden Gehirn hervor und stellte ihn auf den Tisch.

Setzte die Glasscheibe in Bewegung und wollte eben die Arbeit beginnen, da klopfte es energisch, und gleichzeitig erschütterte dumpfes, mächtiges Dröhnen das Haus.

Hiram Witt stieß wütend seinen Sessel zurück.

«Kommt man heute denn gar nicht zur Ruhe!»

Da wurde die Türe aufgerissen, und im Stechschritt marschierte ein Offßier, gefolgt von einigen Kanonieren, ins Zimmer:

«Äh! Sie sind der Jehirnfatzke Hiram Witt?! Äh! – Schweinehund! Stilljе–stann'! Hände an die Hosennaht!»

Gehorsam richtete Hiram Witt sich auf, fuhr mit den Händen zuerst unschlüssig am Körper herum und steckte sie dann, – wie plötzlich erleuchtet, – zwischen seine Beine.

Der Off'ßier zog die Schnauze schief:

«Äh! Kerl, verrückt jeworden! Hosennaht, äh, Hosennaht.»

«Pardon, meine Hosen sind nämlich innen genäht; ich bin nicht Reserveleutnant; ich weiß nicht, welche Hosennaht Sie meinen», antwortete unsicher der Gelehrte.

«Was wünschen Sie denn überhaupt von mir», wollte er weiter sprechen, «der Herr Hauptmann aus dem Rathaus war doch soeben hier; oder sollten gar Sie der Schuster Voigt aus Köpenick sein?» – aber der Off'ßier unterbrach ihn: «Hier! Äh! Lejitimatziong.»

Und Hiram Witt las:

Lejitimatziong.
Ick bestätije hiemit auf Off'ßiersehrenwort, daß ick Hauptmann
Fritz Schnipfer Edler von Zechprell
bin.
gez. Fritz Schnipfer Edler von Zechprell
Hptm. Jarde Re'ment 1000

und erkannte auf den ersten Blick an der Handschrift, daß der Schreiber sich im ersten Stadium der Gehirnparalyse befinde.

Er machte dem Off'ßier eine tiefe Verbeugung.

Unterdessen waren die rhythmischen Stöße, die das Haus erschütterten, immer näher gekommen, und schließlich schob eine Kanone neugierig ihr rundes Maul zur Türe herein.

Das war aber eigentlich überflüssig, denn der Gelehrte legte sowieso nicht die geringsten Zweifel mehr an den Tag, und als dem Hauptmann bei einer Handbewegung gar ein Zettel aus der Tasche fiel, auf dem deutlich zu lesen ein Rezept über Zinksulfat stand, wurden Hiram Witts Mienen nur noch überzeugter.

«Äh, Jehirnfatzke Witt, sechzig Jahre alt, Beruf: Individuum, wohnhaft Schnedderedengstraße 8, Sie erzeugen seit zwanzig Jahren künstliche Menschen, – wa?» inquirierte der Offßier, nahm seinen Helm ab und stülpte ihn achtlos über das Gehirn, das auf dem Tische lag.

Der Gelehrte verbeugte sich zustimmend.

«Wo sind se?» fragte der Offßier weiter.

Hiram Witt zeigte auf den nackten Menschen ohne Hirn, der an der Wand lehnte.

«Is er zum Militärdienst jemeldet?»

Der Gelehrte verneinte befremdet.

«Flichtvajessna Schweinehund!» brüllte der Offßsier und gab seinen Kanonieren ein Zeichen, worauf diese sofort die Wohnung auszuräumen begannen und Stühle, Betten, Kleider, Apparate und schließlich auch den künstlichen Menschen aus dem Zimmer trugen.

— — — — — — — — — — — — — — — — — — — — — — —

«Wollen wir ihm nicht das Gehirn einfüllen, wenn er schon zum Militär soll?» fragte Hiram Witt resigniert und hob, obwohl der Offßier verächtlich verneinte, den Helm vom Teller ab.

Was sich da nun zeigte, war derart überraschend und unheimlich, daß dem Gelehrten der Helm aus der Hand fiel.

Das Gehirn, das sich darunter befunden, war nicht mehr vorhanden, und an seiner Stelle lag – – an seiner Stelle lag – ein Maul!

Ja, ja, ein Maul.

Ein schiefes Maul mit eckig aufwärts gebogenem Schnurrbart.

Hiram Witt starrte entsetzt auf den Teller.

Ein wüster Hexentanz begann in seinem Schädel.

«So schnell also verwandelt der Einfluß eines Helmes ein Gehirn in ein Maul!!

Oder liegt die Ursache anderswo?

Hat vielleicht die scharfe metallene Helmspitze eine Art galoppierende Verdunstung eingeleitet?

So, wie z. B. der Blitzableiter ein Ausströmen der Erdelektrizität begünstigt!?

Hat die Polizei vielleicht deshalb Kugeln auf den Helmspitzen, um solche Verdunstungen aufzuhalten? Aber nein, denn dann hätte man die Folgen doch schon bemerken müssen. – Bemerken müssen. – Bemerken müssen – – – – – – – – – – – – – – – –

– – Der Bürgermeister von Köpenick – – – – – – Ein

Pavian – – – – – – – – – – – Null dividiert durch Null gibt eins. Hilfe, Hilfe, der Wahnsinn. Hilfe, ich werde verrückt.» – –

Und Hiram Witt schrie gellend auf, drehte sich einigemal um sich selbst und fiel dann lang hin. Aufs Gesicht.

– – – – – – – – – – – – – – – – – – – – – – – – – – – –

Der Off'ßier, die Mannschaft und die Kanone waren längst fort. Die Wohnung leer. – In der Ecke kauerte Hiram Witt, ein blödsinniges Lächeln auf den Lippen, und zählte rastlos an seinen Knöpfen ab: «Hauptmann Zechprell, Schuster Voigt, Schuster Voigt, Hauptmann Zechprell, echt, unecht, echt, unecht, Zinksulfat, echt, Gehirnerweichung, Hauptmann Zechprell, Schuster Voigt.»

Schließlich steckte man den Ärmsten ins Irrenhaus, aber sein Wahnsinn läßt nicht nach: – an stillen Sonntagen kann man ihn singen hören:

«Von der Maas bis an die Me–he–mel,
Von der Etsch bis an den Belt,
Deutschland, Deutschland, üü–ber a–ha–lles,
Über alles in der Welt.»
!!!

# DER HEISSE SOLDAT

Es war keine Kleinigkeit für die Militärärzte gewesen, alle die verwundeten Fremdenlegionäre zu verbinden. – Die Annamiten hatten schlechte Gewehre und die Flintenkugeln waren fast immer in den Leibern der armen Soldaten stecken geblieben. –

Die medizinische Wissenschaft hatte in den letzten Jahren große Fortschritte gemacht, das wußten selbst diejenigen, die nicht lesen und schreiben konnten, und sie unterwarfen sich, zumal ihnen nichts anderes übrig blieb, willig allen Operationen.

Zwar starben die meisten, aber immer erst nach der Operation, und auch dann nur, weil die Kugeln der Annamiten offenbar vor dem Schuß nicht aseptisch behandelt worden waren, oder auf ihrem Wege durch die Luft gesundheitsschädliche Bakterien mitgerissen hatten.

Die Berichte des Professors Mostschädel, der sich aus wissenschaftlichen Motiven, und von der Regierung bestätigt, der Fremdenlegion angeschlossen hatte, ließen keinen Zweifel daran zu. –

Seinen energischen Anordnungen war es auch zu danken, daß die Soldaten wie auch die Eingebornen im Dorfe nur noch im Flüstertone von den Wunderheilungen des frommen indischen Büßers Mukhopadaya sprachen. – – – – – – – –

– – – – – – – – – – – – – – – – – – – – – – – – – –

Als letzter Verwundeter wurde lange nach dem Scharmützel der Soldat Wenzel Zavadil, ein gebürtiger Böhme, von zwei annamitischen Weibern in das Lazarett getragen. Befragt, woher sie jetzt so spät noch kämen, erzählten sie, daß sie Zavadil wie tot vor der Hütte des Mukhopadaya liegend gefunden und sodann getrachtet hätten, ihn durch Einflößen einer opalisierenden Flüssigkeit – das einzige, was in der verlassenen Hütte des Fakirs zu finden gewesen war – wieder zum Leben zurückzubringen.

Der Arzt konnte keine Wunde finden und bekam auf sein Befragen von dem Patienten nur ein wildes Knurren zur Antwort, das er für die Laute eines slawischen Dialektes hielt.

Für alle Fälle verordnete er ein Klystier und ging in das Offizierszelt. – – –

Ärzte und Offiziere unterhielten sich ausgezeichnet; das kurze, aber blutige Scharmützel hatte Leben in das alte Einerlei gebracht.

Mostschädel hatte eben einige anerkennende Worte über Professor Charkot – um die anwesenden französischen Kollegen sein deutsches Übergewicht nicht allzu schmerzlich fühlen zu lassen – beendet, als die indische Pflegerin vom roten Kreuz am Zelteingang erschien und in gebrochenem Französisch meldete:

«Sergeant Henry Serpollet tot, Trompeter Wenzel Zavadil 41,2 Grad Fieber.»

«Intrigantes Volk, diese Slawen», murmelte der Wache habende Arzt, «der Kerl hat Fieber und doch keine Verwundung!»

Die Wärterin erhielt die Weisung, dem Soldaten, natürlich dem lebendigen, drei Gramm Chinin in den Schlund zu stopfen, und entfernte sich. – – –

Professor Mostschädel hatte die letzten Worte aufgefangen und machte sie zum Ausgangspunkte einer längeren gelehrten Rede, in der er die Wissenschaft Triumphe feiern ließ, die es verstanden hatte, das gute Chinin in den Händen von Laien zu entdecken, die in der Natur, der blinden Henne gleich, auf dieses Heilmittel gestoßen waren.
Er war von diesem Thema auf die spastische Spinalparalyse übergegangen, und die Augen seiner Zuhörer begannen bereits gläsern zu werden, als wiederum die Wärterin mit der Meldung erschien:

«Trompeter Wenzel Zavadil 49 Grad Fieber, bitte um ein längeres Thermometer.» – – –

«Also demnach schon längst tot», sagte lächelnd der Professor. –

Der Stabsarzt stand langsam auf und näherte sich mit drohender Miene der Wärterin, die sofort einen Schritt zurückwich. – «Sie sehen, meine Herren», erklärte der daraufhin zu den übrigen Ärzten, «das Weib ist ebenfalls hysterisch, wie der Soldat Zavadil; – – – Duplizität der Fälle!» – – – Hierauf legten sich alle zur Ruhe. –

– – – – – – – – – – – – – – – – – – – – – – – – – – –

«Der Herr Stabsarzt läßt dringend bitten», schnarrte der Meldereiter den noch sehr verschlafenen Gelehrten an, als kaum die ersten Sonnenstrahlen den Saum der nahen Hügel färbten.

Alles blickte erwartungsvoll auf den Professor, der sich augenblicklich an das Bett Zavadils begab.

«54 Grad Réaumur Blutwärme, unglaublich», stöhnte der Stabsarzt.

Mostschädel lächelte ungläubig, zog aber entsetzt seine Hand zurück, als er sich an der Stirne des Kranken tatsächlich verbrannte.

«Nehmen Sie die Vorgeschichte der Krankheit auf», sagte der zögernd nach längerem peinlichem Schweigen zum Stabsarzt.

«Nehmen Sie doch die Vorgeschichte der Krankheit auf und stehen Sie nicht so unentschlossen herum!» schrie der Stabsarzt den jüngsten der Ärzte an.

«Bhagavan Sri Mukhopadaya wüßte vielleicht ...» wagte die indische Wärterin zu beginnen.

«Reden Sie, wenn Sie gefragt werden», unterbrach sie der Stabsarzt.

«Immer der alte verdammte Aberglauben», fuhr er, zu Mostschädel gewendet, fort.

«Der Laie denkt immer an das Nebensächliche», begütigte der Professor. – «Senden Sie mir nur den Bericht, ich habe jetzt dringend zu tun.» – –

– – – – – – – – – – – – – – – – – – – – – – – – – – – – –

«Nun, junger Freund, was haben Sie eruiert», fragte der Gelehrte den Subalternarzt, hinter dem sich eine Menge Offiziere und Ärzte wißbegierig in das Zimmer drängten.

«Die Temperatur ist inzwischen auf 80 Grad gestiegen ...»

Der Professor machte eine ungeduldige abwehrende Bewegung: Nun?

«Patient machte vor zehn Jahren einen Typhus durch, vor zwölf Jahren eine leichte Diphtheritis; Vater an Schädelbruch gestorben, Mutter an Gehirnerschütterung; Großvater an Schädelbruch, Großmutter an Gehirnerschütterung! – Der Patient und seine Familie stammen nämlich aus Böhmen», fügte der Subalternarzt erklärend hinzu. «Befund, Temperatur ausgenommen, normal, – Abdominalfunktionen sämtlich träge; – Verwundung, außer leichten Kontusionen am Hinterkopf, nicht auffindbar. – Patient soll angeblich in der Hütte des Fakirs Mukhopadaya mit einer opalisierenden Flüssigkeit ...»

«Zur Sache, nicht in das Unwesentliche abschweifen, junger Freund», ermahnte gütig der Professor und fuhr, seinen Gästen mit einer einladenden Handbewegung die umherstehenden Bambuskoffer und Stühle als Sitze anbietend fort:

«Es handelt sich hier, meine Herren, wie ich schon heute früh auf den ersten Blick erkannte, Ihnen aber nur andeutete, damit Sie selber Gelegenheit fänden, den richtigen Weg zur Diagnose einzuschlagen, um einen nicht allzuhäufigen Fall von spontaner Temperaturerhöhung infolge einer Verletzung des Thermalzentrums», – (mit einer leicht geringschätzigen Miene zu den Offizieren und Laien:) «des Zentrums im Gehirn, das die Temperaturschwankungen des Körpers vermittelt – auf Basis erblicher und akquirierter Belastung. – Wenn wir ferner die Schädelbildung des Subjektes – – –»

Hornsignale der Ortsfeuerwehr, die aus einigen invaliden Soldaten und chinesischen Kulis bestand, drangen Schrecken verkündend vom Missionargebäude herüber und ließen den Redner verstummen. –

Alle stürzten ins Freie; der anwesende Oberst voran.

Vom Lazarethügel herab zum See der Göttin Parvati raste, einer lebenden Fackel gleich, gefolgt von einer schreienden und gestikulierenden Menge, der Trompeter Wenzel Zavadil in brennende Fetzen gehüllt.

Knapp vor dem Missionshause empfing den Armen die chinesische Feuerwehr mit einem armdicken Wasserstrahl, der ihn zwar zu Boden warf, sich aber fast gleichzeitig in eine Dampfwolke verwandelte. – – – Die Hitze des Trompeters hatte sich im Lazarett zuletzt derart gesteigert, daß die neben ihm stehenden Gegenstände zu verkohlen angefangen hatten und die Wärter schließlich gezwungen waren, Zavadil mit Eisenstangen aus dem Hause zu scheuchen; die Fußböden und Treppen wiesen seine eingebrannten Fußstapfen, als ob der Teufel dort spazieren gegangen wäre. –

Jetzt lag Zavadil nackt, – die letzten Fetzen hatte der Wasserstrahl fortgerissen – auf dem Vorhofe des Missionsgebäudes, dampfte wie ein Bügeleisen und schämte sich seiner Blöße. – – –

Ein findiger Jesuitenpater warf ihm einen alten Asbestanzug, der einmal einem Lavaarbeiter gehört hatte, vom Balkon zu, in den sich Zavadil unter Dankesworten hüllte. – – –

– – – – – – – – – – – – – – – – – – – – – – – – – – – –

«Wie, um Gottes willen, soll man sich aber erklären, daß der Kerl nicht selbst gänzlich zu Asche verbrennt?» fragte der Oberst den Professor Mostschädel. –

«Ich bewunderte stets Ihre strategischen Talente, Herr Oberst», entgegnete der Gelehrte indigniert, «aber was die medizinische Wissenschaft anbetrifft, so müssen Sie diese schon uns Ärzten überlassen. – Wir müssen uns an die gegebenen Tatsachen halten, und diese aus den Augen zu lassen, liegt für uns keinerlei Indikation vor!» –

Die Ärzte freuten sich der klaren Diagnose, und abends traf man immer wieder im Zelte des Kapitäns zusammen, wo es dann stets lustig herging.

Von Wenzel Zavadil sprachen nur noch die Annamiten; – zuweilen sah man ihn am andern Ufer des Sees beim Steintempel der Göttin Parvati sitzen, und die Knöpfe seines Asbestanzuges erstrahlten in Rotglut. – –

Die Priester des Tempels sollten ihr Geflügel an ihm braten, hieß es; andere sagten wiederum, er sei bereits im Abkühlen begriffen und gedenke, schon mit 50 Grad in seine Heimat zurückzukehren.

# WOZU DIENT EIGENTLICH
# WEISSER HUNDEDRECK?

«Ans Vaterland, ans teure,
schließ dich an.»

Wohl nur wenige wissen, daß er überhaupt zu etwas dient.

Er dient aber ganz bestimmt zu irgend etwas Besonderem, da ist kein Zweifel.

Wenn ich frühmorgens das Haus verlasse, knapp ehe der Postbote kommt und in meinen Briefkasten – der übrigens sowieso mit Wasserspülung versehen ist – einen Haufen Papier wirft, bleibe ich jedesmal im Garten eine kleine Weile stehen und sage laut: Ksss, Ksss.

Und sofort setzt ein höchst befremdliches Phänomen ein.

Schwirrendes Gehuste dringt aus dem dürren Laub empor, Gekrächz und rasselndes Fauchen; zwei glühende Augen erglimmen in Spannenhöhe vom Boden, und gleich darauf saust etwas Schwarzes, mit einer haarlosen Balggeschwulst am Halse, hinter den Sträuchern hervor auf mich los und trachtet, von irrsinniger Wut geschüttelt, in meine Bügelfalten zu beißen.

Welcher Wesensreihe das Geschöpf angehört, konnte ich bisher nicht feststellen.

Die Morgenstunden verbringt es mit krummem Rücken und in kauernder Stellung unter einem Holunderbusch. Das ist gewiß, das habe ich nach und nach herausbekommen.

Das Dienstmädchen schwört, zuweilen trage das Phantom eine blaue Decke, feuerrot gefüttert und in der hinteren Ecke mit einer Krone geschmückt. Ich konnte dergleichen nie wahrnehmen – trotz schärfster Beobachtung –, und es scheint fast, als ob in diesem Falle die Netzhaut jedes Menschen verschieden reagiert.

Was nun das Wesen mit der Balggeschwulst auch sei, ob, nach der Krone zu schließen, der ruhelose Schemen des letzten entarteten Sprossen eines erloschenen Herrschergeschlechtes, der unter gewissen astrologischen Aspekten Gestalt gewinnt, – oder vielleicht gar nur ein simpler Bürger des Tierreiches, – etwas Gespenstisches, das mich immer wieder an seiner Stofflichkeit zweifeln läßt, haftet ihm jedenfalls an.

Ich fühle deutlich: es ist ururalt, und ich zweifle nicht, sich der Schlacht bei Cannae zu entsinnen, muß ihm ein leichtes sein.

Der Hauch der Vergangenheit umweht es!

Doch trotz seines Greisentums ist nichts Abgeklärtes an ihm; der Haß einer ganzen Welt findet Raum in seinem Herzen.

Wirklich gebissen hat es in meine Bügelfalten noch nie. – Auch das spräche dafür, daß es sich um eine Spiegelung aus einer andern Sphäre handeln könnte! Irgend etwas Unwägbares, Unsichtbares scheint es zu zwingen, im letzten Millimeter, im letzten Bruchteil eines Augenblicks immer und immer wieder davon abzustehen, trotzdem es in seinem Vorhaben nie erlahmt und stets von neuem losfährt.

Unvermittelt wie das Phänomen einsetzt, erlischt es auch jedesmal.

Urplötzlich, ohne jedes Vorzeichen, gellt nämlich eine Stimme vom Himmel und ruft:

Ah– –miii! Ah– –miii!

Ganz deutlich: Ah– –miii!

Ich finde daran nichts Wunderbares. Wie oft ist es nicht bei den alten Juden vorgekommen, daß eine Stimme vom Himmel rief, warum sollte es bei mir in der Kolumbusgasse ausgeschlossen sein – –?

Auf das Wesen mit der Balggeschwulst jedoch übt es eine verheerende Wirkung aus.

Mit einem Ruck läßt das Phantom von mir ab und kratzt schnell wie der Blitz durch die Gartenpforte um die Ecke, wo es sich augenblicklich – – dematerialisiert! – – – – – – –

– – – – – – – – – – – – – – – – – – – – – – – –

Nach alldem scheint nur das Wort «Ah– –miii» eine jener fluchwürdigen Klangformeln zu sein, wie man sie im Lamrim des Tson-ka-pa, den furchtbaren Zauberbüchern der Tibetaner, angedeutet findet, und die, richtig ausgesprochen, im Reiche der Ursachen astrale Wirbelstürme von einer Gewalt zu entfesseln vermögen, daß selbst wir in unsern schützenden Stoffhüllen noch die letzten Ausläufer solcher

Katastrophen in Form spukhaft unerklärlicher Vorgänge schreck-erfüllt wahrnehmen.

Oft habe ich die geheimnisvollen Silben «Ah– –miii» selber gesungen! Erst zaghaft, dann immer beherzter, doch niemals trat eine sichtbare Veränderung in der Welt der Materie ein.

Offenbar betone ich falsch.

Oder sollte die Wirksamkeit durch vorausgehende strenge Askese des Sängers bedingt sein? – – – – – – – – – – –

– – – – – – – – – – – – – – – – – – – – – – – – – –

Mit der Dematerialisation des Wesens mit der Balggeschwulst ist der Prozeß, dessen Zeuge ich allmorgendlich bin, keineswegs abgeschlossen.

Kaum ist nämlich die himmlische Stimme verklungen, so tritt ein Invalide in den Garten und begibt sich stumm zu dem Holunder-busch.

Ich traue niemals dem flüchtigen Augenschein, – die Sinne leisten so unsichere Gewähr für abstrakte Erkenntnis, – – der Invalide aber ist bestimmt echt. Ich habe ihn photographieren lassen.
Mit einem Schürhaken entnimmt der Krieger der Erde einige fahle Gegenstände[1] – und wirft sie triumphierend zu den übrigen in den halbvollen Sack, den er an seiner rechten Seite – die linke ist mit Tapferkeitsmedaillen behangen – als Gegengewicht trägt.

Es liegt etwas Diabolisches darin, daß sich die fahlen Gegenstände immer genau an derselben Stelle vorfinden, die kurz vorher das Wesen mit der Balggeschwulst verlassen hat! –

Es muß da zweifellos ein gespenstischer Zusammenhang bestehen!

Wenn irgendein armer Mann die fahlen Gegenstände sammeln würde, die Sache wäre kaum der Beachtung wert. Man müßte denken, sie besitzen nur geringen Wert und sollen im Haushalte der Natur irgendeinem untergeordneten Zwecke zugeführt werden. So aber!?

Invaliden sammeln dergleichen?!

Häuft nicht das Vaterland Ehre und Reichtum auf diese Menschen mit vollen Händen, der Dankesschuld für vergossenes Blut und geop-ferte Glieder erschüttert eingedenk?

---

1 zweifellos weiße Hundeexkremente

Was jagen sie da Abfällen nach!?

Die Sache hat einen doppelten Boden!!!

Natürlich wird es wieder Schwarzseher in Menge geben, die sagen möchten, Invaliden seien arm. Die böse Absicht wäre aber zu offenkundig. – Ist es doch klar, daß – versagte hier wirklich einmal das Vaterland – der Kaiser selber freudigen Herzens einspränge. Denn wahrlich, nicht unbelohnt bleibt Opfermut fürs Vaterland, an das fest sich anzuschließen unsere «echten» Dichter immer warm empfahlen. – – – – – – –

– – – – – – – – – – – – – – – – – – – – – – – – – – – – – –

Mit den fahlen Gegenständen muß es also eine ganz besondere Bewandtnis haben! Zu dieser Erkenntnis kam ich wohl vor Jahr und Tag. Als ich aber eines Morgens in der Zeitung las, man habe in einer Kammer einen greisen einbeinigen Veteranen aus dem italienischen Feldzug tot aufgefunden und von Habseligkeiten nichts als einen Schürhaken und – – einen Sack voll weißer Hundeexkremente, da überfiel es mich wie ein Schrecken, wie ein böser Zwang, diesen Rätseln nachgehen zu müssen bis zum äußersten.

Schon wieder ein Invalide! Schon wieder der gewisse Sack!

Und wo sind die aufgestapelten Reichtümer des Toten hingekommen? He?

Er muß sie gering geachtet haben, fühlte ich, – «was liegt an ihnen, wenn mir nur der Sack bleibt», mußte er sich gesagt haben.

Mir fiel die Geschichte von dem Derwisch ein aus Tausendundeiner Nacht, der, in die Schatzkammer eingedrungen, alle Kleinodien achtlos liegen ließ und nur ein Büchschen nahm voll Salbe, die, aufs Auge gestrichen, alle Macht der Erde verhieß.

Ein ungeheurer Wert – der Schlüssel zu unerhörten Genüssen, begriff ich, muß in den fahlen Gegenständen verborgen sein, wenn gerade die Invaliden, diese launenhaften, verweichlichten Günstlinge des Volkes, aller Unbill des Wetters spottend, umherstreifen und nichts unversucht lassen, ihrer habhaft zu werden.

Stracks lief ich zur Polizei. Der Schürhaken war noch da. Von dem Sacke aber – keine Spur!! Und niemand wußte, wo er hingekommen!

– – – Also doch! –

48

Irgend jemand mußte offenbar alles daran gesetzt haben, sich ihn anzueignen!! Mit unerhörter Kühnheit ihn der Polizei in letzter Minute aus dem Rachen gerissen haben! Und wozu dient weißer Hundedreck? fragte ich mich, «wozu dient er?»

Ich schlug im Konversationslexikon nach, unter H, unter E, unter W, unter D, – alles umsonst.

Meinen Invaliden auszuforschen, wäre lächerlich gewesen. Der am allerwenigsten hätte mir sein Geheimnis preisgegeben.

So schrieb ich an das Unterrichtsministerium.

Man gab mir keine Antwort!

Ich ging in den Vortrag eines berühmten Conférenciers, und als das Publikum Fragen auf Zettel schrieb, gab ich auch meinen ab. Doch als er in seine Hände kam, zerknüllte er ihn und verließ indigniert den Saal.

Auf dem Rathause konnte ich das zuständige Amtszimmer nicht finden, und beim Bürgermeister wurde ich nicht vorgelassen.

«Man klebt ihn an die Decke von Prunksälen, und dann heißt er: Stukkatur», höhnte ein Zyniker.

«Er ist das Pathos unter seinesgleichen, er ist Selbstzweck», meinte träumerisch der Dichter Peter Altenberg.

Ein vornehmer Gelehrter wiederum wurde eisig abweisend und sagte streng: «Solche Dinge nimmt man in anständiger Gesellschaft nicht in den Mund; übrigens sind sie die Vorboten ernsthafter Verdauungsstörungen, und sie dienen (bei diesem Worte blitzten seine Augen rügend) sie dienen zur Warnung, daß der begüterte Laie seine Lebensführung niemals ohne den Rat eines erfahrenen Arztes einrichten soll!» – – – Ein Mann aus dem Volke hingegen sagte gar nichts, trug mir nur stumm eine Ohrfeige an! – – –

Ich schlug andere Wege ein, trat Leuten, die ein geheimnisvolles Äußere hatten, auf der Straße entgegen und stellte ihnen schroff die Frage. Hoffend, sie zu überrumpeln. Kurz, klar und ohne Umschweife.

Sie wichen bestürzt zurück und flohen mit allen Zeichen des Schreckens!

Da beschloß ich, einsam auf mich selbst beschränkt in die Tiefen dieses Geheimnisses zu tauchen und auf eigene Faust chemisch zu experimentieren, und ich ging selber auf die Suche nach jenen Stoffen.

Als wolle eine finstere Macht mich höhnen, blieb gerade da die Stelle unter meinem Holunderbaum tagelang leer, und – seltsam – auch das Wesen mit der Balggeschwulst schien verschwunden.

Ich kann ohne Grauen gar nicht daran zurückdenken.

Eine ganze Woche forschte ich an verlassenen Mauern entlang, kein Monument ließ ich unbesucht. Alles umsonst!

Und als mir endlich doch das Glück lächelte und ich die ersehnten Stoffe errungen und in einer Phiole geborgen hatte, da überfiel mich plötzlich eine quälende Angst: was, wenn ich gerade jetzt ohnmächtig würde, wenn mich gar der Schlag träfe!? Man würde die Stoffe bei mir finden, würde sagen: er hat eine schlechte Seele gehabt, er war pervers von Grund aus, das Schwein, – – – und das Glück meiner Familie wäre dahin für immer! Ja, und die Offiziere, mit denen mich unlösliche Bande heißer Sympathie verknüpfen, würden die Nase rümpfen und sagen: «Mür ham's eh g'wußt, er war ein Indivüduum!»

Und der evangelische Jünglingsverein würde die Hände falten und auf meinem Grab einen protestantischen Aufklärungsfandango tanzen.

Da warf ich die Phiole weit von mir.

Das Studium der Geschichte geheimer Gesellschaften war das nächste, in das ich mich stürzte. Es existiert wohl keine Brüderschaft mehr, in die ich nicht schon hineingetreten wäre, und gäbe ich alle die tiefsinnigen geheimen Erkennungszeichen und Notrufe, über die ich verfüge, hintereinander von mir, man würde mich zweifellos als des Veitstanzes verdächtig ins Irrenhaus schleifen.

Doch ich lasse nicht los!

Ich muß herausbekommen, wozu «er» dient.

Es gibt einen furchtbaren Orden, schreit jede Fiber in mir, eine stumme Vereinigung von Menschen, der Tür und Tor offen steht, die gefeit gegen die Pfeile des Zufalles die Welt am Gängelbande führt. Alle Macht auf Erden ist ihr gegeben, und sie nützt sie aus, ungestraft die schauderhaftesten Orgien zu feiern!

Was sind die Sterkatoristen des Mittelalters, die sich von je gebrüstet, unter den Alchimisten die einzigen Besitzer der wahren «Materie» zu sein, denn anderes als Bekenner dieser Sekte?

Der uralte vergessene Orden des «Mopses», welchen Zweck sonst kann er gehabt haben?

Und bis in unsere Tage reichen die Fangarme der «Brüder»!!

Wer ist ihr Oberhaupt? Wo der Mittelpunkt, um den sie sich scharen? –

Der finstere Ohlendorff, Hamburgs ungekrönter Guanokönig, muß ihr letzter Großmeister gewesen sein, ahne ich; doch wer ist es heute? –

O, über diese Invaliden!

Schätze auf Schätze werden sie häufen mit ihrem Schürhaken und dann – –, dann wehe uns.

Mit bangem Blick sehe ich in die Zukunft.

Die Tage verrinnen, und keiner bringt mir Antwort auf meine Frage: wozu, wozu dient «er» eigentlich?

Und zerdämmert die Nacht, und der Hahn kräht besorgt nach dem säumigen Tag, da liege ich noch schlaflos, derweilen draußen unter dem Holunderbusch das Phantom mit der Balggeschwulst vielleicht schon heimlich sein Wesen treibt. – – – – – – – – –

– – – – – – – – – – – – – – – – – – – – – – – – – – – –

Im Halbtraum sehe ich die Gestalten der Invaliden strotzend von Geschmeide in Scharen zum Blocksberg ziehen.

Und ich wälze mich gequält und ächze und seufze: Wozu, ja wozu dient eigentlich der weiße Hundedreck?!

Nachwort des Autors: Erklärende Zuschriften aus dem Publikum, «der geheimnisvolle Stoff diene zum Gerben von Handschuhen» – verbiete ich mir aufs strengste.

# Kleines Panoptikum

# DAS AUTOMOBIL

«Sie erinnern sich meiner wohl gar nicht mehr, Herr Professor!? Zimt ist mein Name, Tarquinius Zimt; vor wenigen Jahren noch war ich Ihr Schüler in Physik und Mathematik –»

Der Gelehrte drehte die Visitkarte unschlüssig hin und her und heuchelte verlegen eine Miene des Wiedererkennens.

«– und da ich gerade durch Greifswald komme, wollte ich die Gelegenheit, Ihnen einen Besuch abstatten zu können, nicht versäumen –»

(Einige Minuten verstrichen in peinlichem Stillschweigen.)

«– – ehüm – – – nicht versäumen ...»

Mißbilligend musterte der Professor den Lederanzug des jungen Mannes. «Sie sind wohl Walfischfänger?» fragte er mit leisem Spott und tippte seinem Besuch auf den Ärmel.

«Nein, Automobilist; ich selbst habe die bekannte Automobilmarke ‹Zimt› – – –»

«Also Schauspieler!» unterbrach ungeduldig der Gelehrte; «aber weshalb haben Sie denn früher Physik und Mathematik studiert? Wohl umgesattelt, junger Freund, umgesattelt!? Nun sehen Sie!»

«Aber keineswegs, Herr Professor, keineswegs. Im Gegenteil. Sozusagen im Gegenteil! Ich bin Konstrukteur von Automobilen – – von Motoren – von Benzinmotoren, – Ingenieur – –!»

«Ah, Sie stellen die Phantasiebilder für die Kinematographen zusammen, ich verstehe. Aber das kann man doch nicht Ingenieur nennen!»

«Nein, nein, ich baue selber Automobile. Oder Kraftfahrzeuge, wenn Ihnen dieses Wort lieber ist. Wir verkaufen jährlich bereits – – –»

«Ich darf beide Namen, mein lieber Herr Zimt, Automobil und Kraftfahrzeug, nicht gelten lassen; denn weder kann so eine Maschine sich vom Fleck fortbewegen – diese Bedeutung soll doch wohl im Worte Automobil liegen –, noch ist aus demselben Grunde der Ausdruck Fahrzeug zulässig», sagte der Gelehrte.

«Wie meinen Sie das: ‹kann sich nicht vom Fleck fortbewegen›? Vielleicht nur noch zehn Jahre, und wir werden überhaupt kein anderes Landfuhrwerk mehr benutzen. Fabrik um Fabrik wächst aus dem Boden, und wenn es auch vielleicht in Greifswald noch kein Automobil gibt, so – – –»

«Sie sind ein Phantast, junger Mann, und verlieren den Boden der Wirklichkeit unter den Füßen! Frönen Sie wohl gar dem Spiritismus? In der Tat wohl das bedauerlichste Zeichen unserer Zeit, immer wieder das Gespenst des Perpetuum mobile unerfreulicherweise sein häßliches Haupt erheben sehen zu müssen. Rein als ob die Lehrsätze der Physik gar nicht existierten. Traurig, fürwahr sehr traurig! Und auch Sie, obschon noch vor wenigen Jahren mein Schüler, konnten den klaren, besonnenen Weg unserer Wissenschaft verleugnen, um den schwülen Fieberphantasien roher, gedankenloser Empirie nachzujagen! Nun ja, mag wohl das heutige Treiben der Großstadt erschlaffend auf die Denkkraft unserer Jugend wirken, aber bis zum krassen Aberglauben, bis zur Wahnidee, man könne mittels Benzinmotoren einen Wagen von der Stelle bewegen, ist denn doch ein gewaltiger Schritt. So sollte man wenigstens glauben!» Und erregt putzte der Gelehrte seine Brillengläser.

Tarquinius Zimt war fassungslos.

«Aber um Gottes willen, Herr Professor! Sie werden doch nicht die Existenz der Motorwagen leugnen wollen. Heute, wo bereits viele Tausende im Verkehr sind! Wo jeder Monat eine Neuerung brachte. Ich selber bin doch mit meinem Automobil, einem fünfzigpferde-kräftigen ‹Zimt›, den ich selber konstruiert und gebaut habe, von Florenz hierher gefahren! – Wenn Sie einen Blick aus dem Fenster werfen wollen, können Sie es vor dem Haustor stehen sehen. Um Gottes willen! Ich sage nur: um Gottes willen!»

«Junger Freund, *omnia mea mecum porto*, wie der Lateiner so trefflich sagt. Ich sehe keinen zureichenden Grund, aus dem Fenster zu blicken; und weshalb auch – trage ich doch den alles umfassenden mathematischen Verstand stets in mir. – Dem schwankenden Boden der Sinneswahrnehmung sich anvertrauen? Sagt mir nicht mehr – mehr, als die Sinne je vermögen – die schlichte Formel, die jedes unmündige Schulkind begreift – gewiß sind Sie ihrer noch aus der Studienzeit froh eingedenk! – die Formel:

$$M = \mu \int p\, d\, F\, y = 2\, \mu\, r^2\, l \int_{o}^{\varphi^o} p\, d\, \varphi^1$$

$$= 2\, \pi\, Pr\, \frac{\sin \varphi^o}{\varphi^o + \sin \varphi^o \cos \varphi^o}$$

und so weiter! Nun sehen Sie?»

«Das hilft nun aber alles nichts», antwortete gereizt der Ingenieur, «denn ich selber bin mit meinem Automobil von Florenz bis Greifswald – bis vor Ihr Haus gefahren!»

«– und wenn selbst die zitierte Formel nicht wäre», fuhr der Gelehrte unbeirrt fort, «deren Ergebnis hinsichtlich des sogenannten zylindrischen Zapfens gewiß das noch günstigst Zulässige ist, indem die mit der Verminderung des Umschlingungsbogens der Lagerschale verknüpfte Steigerung der Flächenpressung nicht auf eine Erhöhung von μ hinwirkt und, insoweit sie überhaupt zulässig erscheint, den Aufwand zur Überwindung der Reibung bei

$$\varphi^o < \frac{\pi}{2}$$

verringert, gäbe es noch eine Reihe wirksamer Einwürfe, deren jeder einzelne die reine Möglichkeit denkbaren Gelingens – –»

«Aber um Gottes willen, Herr Professor –»

«Pardon! – – – die reine Möglichkeit denkbaren Gelingens in überaus in die Augen springender Weise entkräften müßte. Wie könnte es, um laienhaft zu sprechen, beispielsweise in das Bereich mechanischer Möglichkeiten verlegt werden, der durch die schnell aufeinanderfolgenden Benzingasgemischexplosionen in den Zylindern *a, b, c, d* stets anwachsenden beträchtlichen Erhitzung und hierdurch resultierenden Ausdehnung und wiederum hieraus sich ergebenden Anpressung an die Zylinderwände bis zur Unbeweglichkeit des metallischen Kolbenmaterials anders als durch immerwährende großmengige Zufuhr behufs ausreichender Kühlung stets neu zu beschaffenden Wasserquantitäten, was wiederum angesichts des verkehrten Verhältnisses des Gewichtes zum Krafteffekte des Motors das Resultat des Versuches im negativen Sinne klar zutage treten läßt, vorzubeugen? – Fassen wir ferner – – –»

«Ich bin von Florenz bis Greifswald gefahren –», warf verbissen der andere ein.

«– – fassen wir ferner unter Zugrundelegung der Formel:

$$P = \left(\frac{n}{30}\right)^2 r \left(\cos\varphi \pm \frac{r}{e}\cos 2\varphi\right)(G_1 + G_2)$$

$$+ \left(\frac{n}{30}\right)^2 r\, G_3 \cos\varphi$$

ins Auge, daß durch Erzitterungen und sonstige der Ruhe des Ganges nachteilige Schwingungen infolge ihrer eigenartigen zur Wachrufung von Massenkräften unliebsame Veranlassung gebende Bewegungen von Maschinenteilen, in diesen, seien sie auch elastisch, fortgesetzt Formveränderungen vor sich gehen müssen, so ergibt sich – – –»

«Ich bin aber dennoch von Florenz bis Greifswald gefahren!»

«– – – Formveränderungen vor sich gehen müssen, so ergibt sich – – – –»

«Ich – bin – aber – von – Florenz bis Greifswald ge–fah–ren!»

Der Gelehrte warf einen verweisenden Blick über seine Brille auf den Sprecher. «Es könnte mich nichts hindern – gestützt auf zwingende mathematische Formeln –, meinem Zweifel an Ihren Aussagen mit direkten Worten Ausdruck zu verleihen, doch ziehe ich es vor, nach Art der alten Griechen lieber alles Verletzende zu vermeiden, und will bloß, wie schon Parmenides, hervorheben, daß es dem Weisen nicht zukommt, seinen eigenen Sinnen, geschweige denn denen eines Fremden irgendwelche Beweiskraft einzuräumen.»

Tarquinius Zimt dachte einen Augenblick nach, dann griff er in die Tasche und reichte dem Professor schweigend einige Photographien.

Dieser betrachtete sie nur flüchtig und sagte: «Nun, und Sie glauben, junger Freund, durch derlei Lichtbilder von scheinbar in Fahrt befindlichen Automobilen die Gesetze der Mechanik in Mißkredit bringen zu können!? – Ich erinnere nur der Ähnlichkeit der Fälle wegen an die Abbildungen animistischer Phänomene durch Crookes,

Lambroso, Ochorowicz, Mendelejeff! Wie genau versteht man heutzutage solche Photographien durch allerlei Kunstgriffe hinsichtlich des wahren Tatbestandes täuschend zu gestalten. Im übrigen, wußte nicht schon Heraklit, daß nach den Gesetzen der Logik ein abgeschossener Pfeil auf jedem mathematischen Punkte seiner Flugbahn sich in vollkommener Ruhe befindet? Nun, sehen Sie! Und mehr als das – im übertragenen Sinne – können auch im besten Falle Ihre Lichtbilder nicht beweisen.»

In den Augen des Ingenieurs glomm eine tückische Freude. «Gewiß werden Sie mir als Ihrem ehemaligen, Sie so sehr bewundernden Schüler, hochgeehrter Herr Professor, die Bitte aber nicht abschlagen», sagte er mit heuchlerischer Miene, «mein vor Ihrem Hause stehendes Automobil wenigstens anzusehen?»

Der Gelehrte nickte gütig, und beide begaben sich auf die Straße.

Eine Menge Menschen umstand den Wagen.

Tarquinius Zimt zwinkerte seinem Chauffeur zu. «Ignaz! Der Herr Professor möchte unser Automobil besichtigen, zeigen Sie doch mal die Maschine.»

Der Mechaniker, in der Meinung, es handle sich um einen Verkauf des Wagens, begann eine Lobeshymne:

«Hundertfünfzig Kilometer können wir mit unserem ‹Zimt› machen, und von Florenz bis hierher haben wir nicht einen einzigen Defekt gehabt. Wir fahren – –»

«Lassen Sie das nur, guter Mann», wehrte der Professor überlegen ab.

Der Chauffeur klappte die Haube des Motors auf, daß die Maschine frei lag, und erklärte die Bestandteile.

«Wie bringen Sie, Herr Professor», fragte Tarquinius Zimt mit verhaltenem Spott, «eigentlich die Tatsache, daß heute von den Fabriken Daimler, Benz, Dürkopp, Opel, Brasier, Panhard, Fiat und so weiter und so weiter Tausende solcher Wagen gebaut werden, mit Ihrer Behauptung, die Maschinen könnten unmöglich funktionieren, in Einklang? Übrigens, Ignaz, lassen Sie den Motor angehen!»

«In Einklang? Junger Freund, ich bin lediglich Fachgelehrter, und so interessant die Lösung dieser Frage einem Psychologen dünken mag, so wenig, ich muß es gestehen, liegt es mir zu wissen am Herzen, aus welchen Gründen wohl diese Fabriken solch anscheinend müßiger Beschäftigung frönen mögen.»

Das Schwirren des leerlaufenden Motors unterbrach die Rede des Professors. Die Menschenmenge wich einen Schritt zurück.

Tarquinius Zimt grinste. «Also Sie glauben noch immer nicht, daß der Wagen fahren wird, Herr Professor? Ich brauche nur diesen Hebel anzuziehen, die Kuppelung setzt ein, und das Automobil saust mit hundertfünfzig Kilometer Geschwindigkeit dahin.»

Der Gelehrte lächelte mild. «Oh, Sie jugendlicher Schwärmer! Nichts dergleichen kann sich ereignen. Unter dem Drucke der Explosion – die Festigkeit der Kuppelung vorausgesetzt – werden vielmehr augenblicklich die Zylinder $a$, $b$ und $d$ springen. Mutmaßlich bleibt hingegen der Zylinder $c$ unversehrt nach der Formel – nach der Formel – wie lautet sie doch nur! – nach der Formel – –»

«– Los», jauchzte Zimt, «los! Fahren Sie los, Ignaz!»

Der Chauffeur zog den Hebel an.

Da! – Ein lauter, dreifacher Knall – und die Maschine steht still! Tumult!

Ignaz springt aus dem Wagen. Lange Untersuchung. Da! die Zylinder eins, zwei und vier sind geborsten! Geborsten in einer Weise, wie niemals Zylinder, und wenn Nitroglyzerin in ihnen gewesen wäre, bersten können.

Mit glanzlosem Blick starrt der Professor ins Weite, seine Lippen bewegen sich murmelnd: «Warten Sie, nach der Formel – – nach der Formel –»

Zimt faßt ihn am Arm und schüttelt ihn – weint fast vor Wut. «Es ist unerhört, unglaublich; seit es ein Automobil gibt, ist so etwas noch nicht vorgekommen. Es ist hirnverbrannt. Zum Verstandverlieren. Ich telegraphiere sofort um Ersatzzylinder. – Das geht so nicht, Sie müssen sich mit eigenen Augen hier überzeugen, Sie müssen!»

Ärgerlich reißt sich der Gelehrte los: «Junger Mann, das geht zu weit, Sie vergessen sich. – Glauben Sie wirklich, ich hätte Zeit übrig, Ihren kindischen Versuchen ein zweites Mal beizuwohnen! Sind Sie denn noch immer nicht überzeugt? Danken Sie lieber Ihrem Schöpfer, daß es nicht ärger ausfiel, Maschinen lassen nicht mit sich spaßen. Nun sehen Sie!»

Und er eilt ins Haus.

Noch einmal dreht er sich im Tor um, erhebt abweisend den Finger und ruft zürnend zurück:

*«Sunt pueri pueri, pueri puerilia tractant.»*

# DAS DICKE WASSER

Im Ruderklub «Clia» herrschte brausender Jubel. Rudi, genannt der Sulzfisch, der zweite «Bug», hatte sich überreden lassen und sein Mitwirken zugesagt. – Nun war der «Achter» komplett. – Gott sei Dank.

Und Pepi Staudacher, der berühmte Steuermann, hielt eine schwungvolle Rede über das Geheimnis des englischen Schlages und toastierte auf den blauen Donaustrand und den alten Stefansturm (duliö, duliö). Dann schritt er feierlich von einem Ruderer zum andern, jedem das Trainingsehrenwort – vorerst das kleine – abzunehmen.

Was da alles verboten wurde, es war zum Staunen! Staudacher, für den als Steuermann all dies keinerlei Geltung hatte, wußte es auswendig: «Erstens nicht rauchen, zweitens nicht trinken, drittens keinen Kaffee, viertens keinen Pfeffer, fünftens kein Salz, sechstens – – siebentens – – – achtens – – –, und vor allem keine Liebe – hören Sie – keine Liebe! – weder praktische noch theoretische – – –!»

Die anwesenden Klubjungfrauen sanken um einen halben Kopf zusammen, weil sie die Beine ausstrecken mußten, um ihren Freundinnen *vis-a-vis* bedeutungsvolle Fußtritte unter dem Tisch zu versetzen.

Der schöne Rudi schwellte die Heldenbrust und stieß drei schwere Seufzer aus, die anderen schrien wild nach Bier, der kommenden schrecklichen Tage gedenkend.

«Eine Stunde noch, meine Herren, heute ausnahmsweise, dann ins Bett, und von morgen an schläft die Mannschaft im Bootshause.»

«Mhm», brummte bestätigend der Schlagmann, trank aus und ging. «Ja, ja, der nimmt's ernst», sagten alle bewundernd. –

Spät in der Nacht traf ihn die heimkehrende Mannschaft zwar Arm in Arm mit einer auffallend gekleideten Dame in der Bretzelgasse, aber es konnte ja gerade so gut seine Schwester sein. – Wer kann denn in der Dunkelheit eine anständige Dame von einer Infektioneuse unterscheiden!

Der «Achter» kam dahergesaust, die Rollsitze schnarchten, die schweren Ruderschläge dröhnten über das grüne, klare Wasser.

«Jetzt kommt der Endspurt, da schauen S', da schauen S'!»

«Eins, zwei, drei, vier, fünf – – – – aha – ein Vierundvierziger!»

Staudachers Kommandogeheul ertönte: «Achtung, stopp. Achter, Sechser: zum Streichen! Einser, Dreier: fort. – Ha–alt!»

Die Mannschaft stieg aus, keuchend, schweißbedeckt.

«Da schauen S' den Nummer drei, die Pratzen! Wie junge Reisetaschen, was? Überhaupt die Steuerbordseiten is gut beisamm'. – Der beste Mann im Boot ist halt doch Nummer sieben. – Ja, ja, unser Siebener. Gelt, Wastl, ha, ha.»

«No, und die Haxen von Nummer acht san gar nix, was?»

«Wissen S', wievüll mür heut g'fahren san, Herr von Borgenheld?» wandte sich Sebastian Kurzweil, der zweite Schlagmann, an den Vizeobmann, der verständnislos dem Herausheben des vierzehn Meter langen, einem Haifisch gleichenden Achtriemers zusah.

«Dreimal», riet der Vizeobmann.

«Wievüll, sag' ich», brüllte Kurzweil.

«Fünfmal», stotterte erschreckt Herr von Borgenheld.

«Himmelsakra!» – der Ruderer schüttelte den Arm.

«Er meint: ‹wie lang›», warf ein Junior ein, der schüchtern dabeistand und einen schmutzigen Fetzen in der Hand hielt.

«Ach so! – Fünf Kilometer!»

Die Mannschaft machte Miene, sich auf Herrn von Borgenheld zu stürzen. Sie hätten ihn zerrissen, da rief sie eine Serie rätselhafter Kommandos wieder an das Boot: «Mann an Rigger – aufff – auf mich (prschsch – da lief das Wasser aus dem umgewendeten Boot) – schwen–ken, – fort!»

Und acht rot-weiß und spärlich bekleidete Gestalten, ohne Strümpfe und mit phantastischem Schuhwerk hantierten an dem Boot herum und schleppten es mit tiefem Ernst in den Schuppen.

«No, raten Sie jetzt!» und der Steuermann schwenkte eine silberne Taschenuhr an einem roten Strick hin und her. «Also wieviel?» – Der Vizeobmann aber mochte nicht mehr. Staudacher zündete sich eine Virginia an, denn ein echter Steuermann muß gewissenhaft alles tun, was gesundheitsschädlich ist, um leichter zu werden.

«Also raten Sie, Herr Dr. Hecht!»

«Füglich – äh – füglich – soll man die ‹Zeit› geheim halten», näselte dieser fachgewandt und zwinkerte nervös mit den Augenlidern.

«No, dann schauen Sie selbst», sagte Staudacher. Alle beugten sich vor.

«5 Minuten 32 Sekunden», kreischte der Junior und schwenkte den schmutzigen Fetzen über dem Kopf.

«Jawohl 5:32! – Wissen Sie, was das heißt, meine Herren, 5:32 für 2000 Meter – stehendes Wasser, ich bitte!»

«Fünfi zwoadreiß'g, fünfi zwoadreiß'g», brüllte Kurzweil, der jetzt splitternackt auf der Terrasse des Bootshauses stand, wie ein Stier herunter.
Eine wilde Begeisterung ergriff alle Mitglieder.

5:32!!

Sogar der Obmann Schön machte einen dicken Hals und meinte, daß man selbst seinerzeit in Zürich, im Seeklub, keine bessere Zeit gefahren sei.

«Jawohl, 5:32! Und kennen Sie auch den Hamburger Rekord im Training?» fuhr Staudacher fort. – – «6 Minuten 2 Sekunden!! bei Windstille – – mir hat es ein Freund telegraphiert. – – 6:2! – – – und wissen Sie auch, was 30 Sekunden Differenz sind? 11 Längen – klare Längen – jawohl!»

«Sie, Ihre Zeit kann absolut nich stimm'», wandte sich ein Berliner Ruderer, der als Gast zugegen war, an Staudacher, «sehen Se mal, der englische Professionalrekord is 5:55, da wären Sie ja um 23 Sekunden besser. Nu, hören Se mal! – Überhaupt die Wiener ‹Zeiten› sind verflucht verdächtig, – vielleicht jehen Ihre Stoppuhren falsch!»

«Schauen S', daß S' weiter kommen, Sö – fünfifünfafufz'g Sö, – setzen S' ös in d'Lotterie dö fünfifünfafufz'g. Haben S' überhaupt an Idee – bereits – – was mür Weana für a Kraft hab'n», höhnte Kurzweil von der Terrasse, dann hob er die Arme und brüllte, wie weiland Ares im Trojanischen Krieg, daß es durch die Erlenwäldchen an den Ufern des Donaukanals gellte.

«Hören Se doch nu endlich mit dem Jebrülle auf – Sie da oben – oder wollen Se vielleicht 'n dreibänd'jes Buch über planloses Jeschrei herausjeben!» rief der Berliner ärgerlich.

«Pst, pst – nur keinen Streit», besänftigte Staudacher. – «Übrigens, meine Herren, – ich nehme heute schon die Glückwünsche zu unserem künftigen großen Siege in Hamburg entgegen. – Meine Herren, auf diesen Sieg –, meine Herren – hip – hip – –»

Die harmonischen Töne einer Drehorgel schnitten ihm die Worte ab – einen Augenblick Totenstille, dann rhythmisches Trampeln im Ankleideraum der Mannschaft, und alle stimmten begeistert mit ein in das Lied:

> «Dös is wos für 'n Weana,
> Für a wean'risches Bluat,
> Wos a wean'rischer Walzer
> An 'm Weana all's tuat ...»

Der Ausschuß des Klubs war auf dem Bahnhof versammelt und wartete auf die aus Hamburg heimkehrende Mannschaft in größter Erregung, denn in den Morgenblättern war ein schreckliches Telegramm abgedruckt gewesen:

«Hamburg – Achterrennen um den Staatspreis. Resultate: Favorit Hammonia, Hamburg – erste: 6 Min. 2 Sek.; Ruderklub «Clia», Wien – letzte: 6 Min. 32 Sek.

Interessantes Rennen zwischen Favorit Hammonia, Hamburg, und Berliner Ruderklub. Wien unter acht Booten achtes, kam nie ernstlich in Betracht. Die Arbeit der Österreicher saft- und kraftlos und auffallend marionettenhaft.»

«Sehen Se wohl, was hab ich jesagt», höhnte der Berliner, der schon eine Stunde auf dem Perron wartete, «jerade ne janze Minute schlechtere Zeit als anjeblich hier im Training.»

«Ja, es ist schrecklich fatal», lispelte der Obmann, «und wir haben schon gestern Einladungen zum Siegesfest verschickt und das Bootshaus beflaggt und mit Reisig geschmückt.»

«Es muß rein etwas passiert sein», meinte zögernd ein alter Herr – dann schrien plötzlich alle durcheinander: «Der Nummer zwei is schuld – – der Sulzfisch, der zieht ja nicht einmal das Gewicht seiner Kappe – der ganze Kerl ist schwabberig wie Hektographenmasse.»

«Was denn Nummer zwei! Die ganze Backbordseite ist keinen Schuß Pulver wert.»

«Überhaupt, der ‹Einsatz› fehlt. *Catch the water!* – verstehen Sie mich, – verstehen Sie Englisch? *Catch the water.* Schauen Sie her, so! *catch, catch, catch!*»

«Meine Herren, meine Herren, was nutzt das alles: *catch, catch, catch,* wenn man ‹Swivels› hat, wie wollen Sie da ‹einsetzen›. Hab' ich nicht immer gesagt: feste Dollen, was, Herr von Schwamm? – Ja, feste Dollen, haha, zu meiner Zeit: rum – bum – rum bum –»

«Hätt' alles nicht g'schadt, aber natürlich knapp vorm Training bei der Nacht mit Weibern rumlaufen, daran liegt's. Haben S' damals unsern ‹Stroke› g'segn in der Bretzelgass'n? Wissen S', wer die Frauensperson war? Die blonde Sportmirzl, wann Sö's no nöt kenna!»

Ein gellender Pfiff. Der Zug fährt ein.

Aus verschiedenen Coupés steigen die «Clianesen» aus. Ärgerliche Gesichter, müde, abgespannte Mienen: – – – «Träger! Träger! – Himmel Sakra, sind denn keine Träger da!»

«Erzählt's doch, was ist denn g'schehn? Letzte, immer letzte?»

«Der ‹Sulzfisch›», murmelte Kurzweil ingrimmig.

Der schöne Rudi hat es gehört und tritt mit geschwellter Heldenbrust an ihn heran: «Mein Herr, ich bin Reserveleutnant im Artillerieregiment Nr. 23, verstehen Sie mich?» Und er zwinkert mit entzündeten Lidern, und sein Gesicht ist klebrig und rußgeschwärzt, als ob er auf einem Stempelkissen geschlafen hätte.

«Ruhe, meine Herren, Ruhe!» Staudacher ist es, der eine Flasche in der Hand hält.

«Erzählen, Staudacher, erzählen!» – Alles umdrängt ihn.
Der kleine Steuermann hebt die Flasche in die Höhe: «Hier ist des Rätsels Lösung, – wissen Sie, was da drin ist? – Alsterwasser, Hamburger Alsterwasser! – – Und da drin soll unsereins rudern, wo wir an unser dünnes klares ‹Kaiserwasser› gewöhnt sind – net wahr, Kurzweil? Wissen S', daß dieses Alsterwasser bereits um ein Fünftel dicker ist als wie das unsrige? – (ja, wirklich, m'r siecht's) – Ich hab's selbst mit dem Aräometer g'messen, und unsere Zeit ist trotzdem nur um

ein Sechstel schlechter! – Nur um ein Sechstel – meine Herren! – Hä? Hab'n S' an Idee, wie wir hier g'wonnen hätten! – Da wären die Hamburger gar net mit'kommen.»

Alle waren voll Bewunderung: «Nein, wirklich, alles was recht ist, unser Staudacher ist ein findiger Kopf, so einen sollen S' uns zeigen, die, die ... die deutschen Brüder aus dem ‹Reich› – –»

«Ja, ja! – 's gibt nur a Kaiserstadt, 's gibt nur a Wean!»

# MONTREUX

## Ein pessimistisches Reisebild

Montreux am Lehmannsee liegt im Kanton Sachsen dicht bei Glauchau, und niemand wird daran zweifeln, der in der Hochsaison den Dialekt gehört hat, der um diese Zeit dort vorherrscht. – Und wenn auch Leute, die in Geographie zu Hause sind, deutsche Volksschullehrer, internationale Schlafwagenkondukteure u. dgl. behaupten sollten, es gehöre zum Kanton Vaud und *vis-à-vis* sei Frankreich, – – einfach nicht glauben! Nur nicht glauben! –

Liegt denn überhaupt ein triftiger Grund vor, sich mit derlei Menschen in Meinungsaustausch einzulassen?! –

Wer den Anblick des Bodensees verträgt, – ich würde mir, wenn ich schon ein See wäre, eine andere, etwas handlichere Form gewählt haben, – fährt am besten, um nach Montreux zu kommen, über Lindau, die Strecke Trottlikon-Idiotlikon. – So ähnlich heißen, glaube ich, diese wichtigen Knotenpunkte.

Landet man in Lausanne, der berühmten Brutstätte der französischen Gouvernante, muß man den Waggon wechseln.

Es ist das das beste, was man tun kann.

Knapp, bevor der Zug einläuft, wird man wahrnehmen, daß plötzlich alle Mitreisenden nachdenklich werden und anfangen, in kleinen, gebundenen Büchern herumzublättern. – Für einen Eingeweihten höheren Grades hat das aber nichts Befremdendes; – sie schlagen nur nach, wie «Träger» im Französischen heißt.

– – Eine Stunde später kann man weiter fahren. Bis Vevey. Oder noch weiter.

Wer in Vevey aussteigen will, vielleicht um die berühmte Veveyzigarre, die mit der sogenannten «Pfälzer» bekanntlich ein scharfes Rennen fährt, an Ort und Stelle zu rauchen, dem empfehle ich, wenn er ein ausgesprochener Tierfreund ist, das kleine Hotel «*Trois Rois*».

Ich selbst stieg einst dort ab, als andere Gasthäuser überfüllt waren, und habe im Speisezimmer etwas ganz Reizendes erlebt.

So deutlich, als sei es gestern erst geschehen, steht das Bild vor meiner Seele. – – Sitze ich da ganz unbefangen beim Essen, mit einem Male sehe ich ein graues, niedliches Bürschchen auf dem Fensterbrette hin und her laufen. – «O, ein sibirisches Eichkätzchen, mit Recht nennt man es die Zierde der russischen Wälder», rufe ich freudig aus, und schon denke ich mir, daß am Ende gar seinetwillen das Hotel im Bädecker mit einem Stern gelobt ist, da fällt mein Blick auf noch zwei solche Tierchen.

Und beschämt mußte ich zugeben, daß es nur gewöhnliche Ratten waren.

Weshalb wohl der Stern im Bädecker steht? Ich habe es nie begriffen. – Und noch dazu nur ein Stern! Und ich habe doch ganz deutlich *drei* Ratten gesehen!

Oder sollte das Hotel vielleicht «*Trois Rats*» heißen?

– – Von Vevey hat man dann nicht mehr lange. – Außer man fährt mit der Elektrischen.

Montreux heißt im nördlichen Ende zuerst Basset, dann Clarens, Chernex, Vernex, Montreux, Bonport, Territet, Collonges und schließlich Veytaux. Je nach den Hotelpreisen.

Hört der Laie zum erstenmal den Namen Montreux nennen, so drängt sich ihm unwillkürlich der Gedanke an einen unbekannten süßen Schnaps auf, ohne daß sich aber für eine solche Ideenassoziation eine zureichende Erklärung finden ließe.
Alle beeideten eidgenössischen Sachverständigen des Kantons Vaud stimmen darin überein, daß Montreux der «schönste Fleck der Erde» sei, und stützen sich auf einen Roman von J. J. Rousseau, in dem es wörtlich so stehen soll. –

Leider ist Rousseau schon lange tot und er kann deshalb nicht mehr darüber einvernommen werden, ob er in seinem Buche den Ton auf «schönste» oder auf «Fleck» gelegt hat. – Es ist das jammerschade, denn es ist sozusagen die Melodie verloren gegangen.

Ich selbst kann leider kein Urteil fällen; ich habe bloß ein Jahr dort gelebt und weiß daher nur von Nebelphänomenen, Regenschwankungen usw. zu berichten.

Die Schönheit der Gegend kenne ich lediglich aus Ansichtskarten. Wenn mich in diesem Augenblick jemand unterbrechen und fragen würde: «Warum sind Sie dann so lange dort geblieben?» müßte ich ihm antworten: «Weil ich abwarten wollte, bis es zu regnen aufhörte.» Ich bitte deshalb, solche persönlichen Fragen gefälligst zu unterlassen.

Das Klima von Montreux ist außerordentlich bemerkenswert, denn es gibt tatsächlich keinen Schnee dort. Kaum berührt er den Boden, verwandelt er sich sofort in Schmutz, und wenn nicht alles trügt, dürfte das wohl daher kommen, daß das Thermometer beständig drei Grad Reaumur über Null zeigt. – Reaumur! nicht etwa Celsius oder Zerfahrenheit.

Derartiges Wetter herrscht von Oktober bis Anfang Mai, und der Gummischuh kommt dort, möchte man sagen, beinahe wild vor. –

Überhaupt verstehe ich nicht, warum Montreux nicht schon längst ein internationales Wettregnen veranstaltet hat. Es könnte dadurch zu einem Sportplatz allerersten Ranges werden, und ich bin sicher, daß es auch in untrainiertem Zustande selbst Salzburg glatt schlagen würde.

Am ersten Februar beginnt der Frühling. Weil an diesem Tage die Preise für die Fremden um die Hälfte erhöht werden.

Der «*Vaudois*», auf deutsch «Waadtländer», hilft dann der mangelhaften Witterung nach, indem er im Prachteinband, die Weste mit einer silbernen Pferdekinnkette geschmückt, auf dem Quai auf und ab wandelnd zierlich einen Plattfuß vor den andern setzt und biederstrahlenden Auges die Worte laut wiederholt: «*Magnifique! O, quel beau temps.*»

Gleichzeitig gehen an die Zeitungen des Auslandes auf billiges Käspapier hektographierte Berichte ab, daß – o Wunder – der Frühling eingezogen ist, und daß im Garten des Hotel du Cygne (sprich «Zinch») bereits die Magnolien blühen.

Ich habe mich, als ich das gelesen, sofort in diesen Garten begeben, konnte aber nichts Blühendes finden. – Offenbar irrt sich der Berichterstatter jedesmal und versteht unter Magnolien die rosa Lichtmanschetten der Glühlampen, die dort herumhängen.

Der Anblick der Hügelgelände, die den Ort von den Bergen trennen, ist erquickend und lieblich wie der eines wohlfrisierten Schnürpudels, und die Wirkung ihrer unabsehbaren Flächen – vollbepflanzt mit der labenden Rebe – auf das Gemüt des sinnenden Wanderers verstärkt dieses Bild nicht nur fast bis zur Greifbarkeit, – nein, es senkt auch das tröstliche Gefühl froher Gewißheit in alle Herzen, daß hier der Mensch nichts unterließ, Mutter Natur mit sorgsamer Hand zu nimmer rastender Fürsorge für das Gemeinwohl anzuleiten.

Wie gar herrlich paßt sich dieser Rebenflur Montreux mit all dem raffinierten feinsinnigen Luxus seiner Villen, Hotels und Fremdenpensionen an!

Mit tausend Türmchen geschmückt, stehen sie da, diese künstlerischen Bauten, mit zierlichen Arabesken umwuchert. Kein Fleckchen, das die reiche Phantasie der Stukkateure liebevoll mit Ornamenten zu bedecken vergessen hätte.

Trittst du aber erst in das Innere, – so stehst du wie gebannt.

Die Möbel – prächtig geschweift – von rotem erpreßtem Samt tragen sämtlich gehäkelte Kreise aus Zwirn, den teuern Plüsch vor Pomade bewahrend, und kostbare Chenilledecken behüten die Tischplatte vor Übergriffen. – Auch der japanische Schirm über dem Diwan fehlt nicht, und die lampenschützende Ballettänzerin aus rosa Seidenpapier mit den Pappendeckelbeinen und dem goldenen Stern im Haar.

In den Prunkgemächern sitzt außerdem noch ein Engel aus farbigem Gips auf dem Ofen.

Kurz, allüberall ausgegossen die üppige Pracht des preiswerten Axminsterteppichs.

Ja ja, der erlesene Geschmack, der den Waadtländer ziert, hat Montreux einen höchst eigenartigen Reiz verliehen.

Die Grand'rue, die in stets gleicher Breite den Ort durchzieht und nur einmal in eine Buchtung – den «marché» – ausartet, fletscht links und rechts die Laden, die den berauschten Blicken des Fremden geschnitzte Kunstwerke anbieten, – meist Bären aus Holz in allen Größen und Stellungen und mit lebenswahr rotfarbigen Zungen.

Oh, könnte ich doch einmal – für eine kurze Weile nur – mit einem solchen Kunstwerk allein unter vier Augen sein! –

Doch nicht bloß im Darstellen der natürlichen Verrichtung des Bären hat sich der Schönheitssinn des Volkes betätigt, nein, auch einer reichen Phantasie ließ er jauchzend die Zügel schießen. – Der

Bär als Schirmständer, als Aschenbecher, als Pfeifenlehne und als Zuhälter des Tintenfasses, kurz der Bär in allen Lebenslagen füllt die Schaufenster. –

Wie sie sich aber auch vor den Laden stauen, die nordischen fremden Frauen, wenn die kaschubisch-semmelblonde Saison beginnt! In appetitlichen Lodenkleidern zum Hochknöpfen. – Schlicht wie Läuse. Eine Holzgruppe ist besonders beliebt bei ihnen: Der Bärenpapa sitzt bei Tisch und raucht, und die Bärenmama züchtigt mit einer echten Rute das Bärenbaby.

Der begeisterten Ausrufe aus holdem Frauenmund ist dann kein Ende: «Achch, sieh' nu' ma'. Zückend! Nöch? Und das Kleinchen da, wie reizend; und so natürlich!»

Und daneben ein Handelshaus, das hält elfenbeinerne Erinnerungen feil. – Den glatten, festen Zahn des majestätischen Elefanten haben sie so lang verschnitzelt, bis er in tausend wirrgeformte Krawattennadeln zerfiel, künstliche Blumen darstellend. Immer ein Edelweiß zwischen zwei Vergißmeinnicht, und darunter das Wort «*Souvenir*». – Zuweilen auch «*Ricuerdo Montreux*». *Ricuerdo!* – – – für vazierende Brasilianer!!

Weiter gegen Vernex zu, sagte mir einmal ein Greis, sollen an einem Polyphon aus Holz eingelegt sogar die Bildnisse von Guillaume Tell und General Rülpsli zu sehen sein.

– Ich habe mich aber nie hingetraut und bin nur bis zum Friedhof von Bonport gekommen. Dort steht ein Monument der Kaiserin Elisabeth von Österreich, die sie in Genf ermordet haben, – die Kanaillen.

Ein Freund aus Wien, den ich in Territet traf, machte mich mit grimmiger Miene auf das Denkmal aufmerksam, und als ich sofort den Namen des – Künstlers wissen wollte, da schrie er mich an: «Was kümmert's dich! – Die Schweiz liefert ja doch nicht aus. – – – – –»

– – Das Herz von Montreux ist und bleibt aber der «Kürsall».

Keine größeren Kosten wurden bei seiner Erbauung gescheut. Dafür sieht er jetzt aber auch aus – – wie ein Kasperltheater, das einen Haupttreffer gemacht hat.

Betrittst du, freundlicher Leser, nur die Schwelle seines Eingangs, schon erblickst du von weitem ein gigantisches giftgrünes Mieder auf vier dünnen Säulenbeinen. – Scheue dich nicht, es ist bloß eine Majolikavase, und solchen wirst du in den Sälen noch vielen begegnen. Bei jeder Ecke hat sich mindestens eine ungeniert an die Wand gestellt.

Ich kann den Gedanken nicht loswerden, daß sie aus einer Konkursmasse stammen, und habe lange nachgegrübelt, wie sie wohl entstehen mögen. – Man sagt zwar, wenn man mitleidlos edeln Ton stark erhitze, nehme er schließlich solche Formen an, aber das sind gewiß nur Redereien. –

Die Decke strotzt von «Stukkatur». Einen einzigen flüchtigen Blick habe ich hingeworfen und werde sie nicht schildern. – Ich will nicht.

Hätte sie der gottselige Sardanapal erblickt, er hätte sich ohne Aufschub ein zweites Mal verbrennen lassen.

Neben dem Hauptsaal ist in das Haus ein Theater eingebaut.

Lange haben sie beraten, wie sie es innen ausstatten sollten. – Und als ihnen gar nichts mehr einfiel, da beschlossen sie, schlicht und wahr zu sein wie Tell. Ließen jegliche Wandverzierung weg und haben den ganzen Zuschauerraum brustzucker-rosa angestrichen.

Mit jener Farbennuance, die bis dahin das ausschließliche Eigentumsrecht der billigen langgestreckten Hustenzuckerstangen war, die auf Weihnachtsmärkten so begehrt sind. – – –

Wer die Vorstellung nicht aushalten kann, geht in den Hauptsaal und ruht dort aus.

Bänke stehen an den Wänden, mit blauem goldgesterntem Ledertuch überzogen.

Das eingepreßte Muster ist wirklich originell. – Es ist von einem berühmten Spezialisten für bösartige Hautkrankheiten entworfen.

Oft habe ich mir ausgemalt, was wohl mit einem geschehen würde, wenn man eine lange Nacht so ganz ohne Beistand und Zuspruch in dem einsamen «Kürsall» zubringen müßte. Es wäre rein nicht auszuhalten!!

– – – – – – – – – – – – – – – – – – – – – – – –

– – – Schlägt die Uhr neun, so treten aus einer Türe drei friseurähnliche Gestalten und begeben sich mit spitzigen Schritten in den «Spielsaal». Die mittelste trägt eine polierte Zigarrenkiste.

Darin befindet sich der Kriegsschatz der Montreuxer Spielbank.

– Zweihundert Franken in Silber. –

Und das Spiel beginnt. Es ist schlicht und bieder, denn nur die Bank kann gewinnen. Sechsfach statt neunfach wird ausbezahlt, und fünf Franken pro Spieler sind der höchste Satz.

Es ist eine Art «grad-ungrad auf Ehrenwort».

Einmal haben sich sieben durch-reisende (oder -brennende?) russische Kosakenoffiziere, die sich von der Schlacht bei Mukden erholen wollten, zusammengetan und versucht, mit siebenmal fünf gleich fünfunddreißig Franken Einsatz auf die Zahl eins die Bank zu sprengen.

Sofort stieß jedoch der Oberkroupier (der mittelste der drei Friseure) den großen Notruf aus; eine fliegende Generalversammlung sämtlicher Waadtländer Aktionäre trat zusammen, und so gelang es noch rechtzeitig, dem frivolen Versuch einen Riegel vorzuschieben.

Wer um elf Uhr nachts den «Kürsall» verläßt und richtet sein Auge auf die Bergkämme, der sieht da oben viele hundert Meter hoch über Montreux das Hotel Caux.

Mit einem riesigen Ringwall umgeben, im Spekulantenstil gebaut, halb Lebkuchen, halb Sanatorium, sieht es herab ins Tal.

Wie ein Irrenhaus aus Tausendundeiner Nacht!

Um Weihnachten herum rodeln da oben des Londoner *shopkeeper's* Frau und Töchter.

Wie die Furien sausen sie die Abhänge hinunter, sämtliche vierundsechzig Zähne fletschend. Rittlings, – auf kleinen hölzernen Dingern, die man beim ersten Blick für Bidets mit Schlittenkufen halten könnte, die aber nur hundsgemeine «Rodeln» sind.

Und haben sie sich totgeschlagen, so lassen sie sich zulöten, nach London schicken und zu Hause begraben. –

– – – – – – – – – – – – – – – – – – – – – – – – – – – –

So, das wäre alles, was ich über Montreux Lobendes sagen könnte, und kurz und gut, ich kann es allen Reisenden aufs beste empfehlen.

Aus zwei Gründen ganz besonders.

Erstens kann man, noch ehe man hinkommt, nach rechts abschwenken und nach Evian, an der französischen Seite des Sees, das wundervoll und sehr elegant ist, fahren. Oder zweitens, man steigt in Montreux nicht aus und rutscht durch den Simplontunnel direkt nach Italien! –

# DER SATURNRING

Die Jünger kamen tappend Schritt um Schritt die Wendeltreppe herauf.

Im Observatorium quoll die Dunkelheit, und an den blanken Messingrohren der Teleskope rieselte in dünnen kalten Strahlen das Sternenlicht herab in den runden Raum.

In Funkenbündeln konnte man es an die metallenen Pendel spritzen sehen, die von der Decke hingen, wenn man sich langsam hin und her wandte und ließ die Augen schweifen.

Die Finsternis des Fußbodens schluckte die glitzernden Tropfen, die von den glatten, blinkenden Maschinen rannen.

«Der Meister nimmt heute den Saturn auf», sagte Wijkander nach einer Weile und wies mit dem Finger auf das große Fernrohr, das wie der steife, nasse Fühler einer goldenen Riesenschnecke aus dem Nachthimmel herein durch die Luke ragte. Keiner der Jünger widersprach; nicht einmal erstaunt waren sie, als sie nah zum Glase traten und fanden Axel Wijkanders Worte bestätigt.

«Mir ist es ein Rätsel; – wie kann ein Mensch nur – in halber Dunkelheit so aus der bloßen Stellung des Fernrohrs erkennen, auf welchen Stern das Glas zeigt?» meinte einer bewundernd. «Wie wissen Sie es so bestimmt, Axel?»

«Ich fühle, das Zimmer ist voll von dem erstickenden Einfluß des Saturn, Doktor Mohini. Glauben Sie mir, die Teleskope saugen aus den Sternen, auf die sie gerichtet sind, wie lebendige Trichter, und ziehen die Strahlen, die sichtbaren wie die finstern, herab in die Wirbel ihrer Brennlinsen!

Wer, – wie ich seit langem, – mit sprungbereiten Sinnen die Nächte durchlauert, der lernt nicht nur den feinen unmerklichen Hauch der Gestirne fühlen und sondern und nimmt ihr Fluten und Ebben wahr und wie sie sich unseres Hirns bemächtigen mit lautlosem Griff, unsere Vorsätze verlöschen, um andere an ihre Stelle zu schieben – wie sie haßerfüllt schweigend miteinander ringen, diese tückischen Kräfte, um die Vorherrschaft, das Schiff unseres Geschickes zu lenken – – –, der lernt auch wachend träumen und sehen, wie um gewisse Nacht-stunden die seelenlosen Schemen der abgestorbenen Himmelskör-per lebensgierig sich in das Reich der Sichtbarkeit schleichen und durch fremdartig zögerndes Gebärdenspiel, das ein unbestimmtes namenloses Grauen in unserer Seele weckt, rätselhafte Verständi-gung tauschen – – – –. Doch machen wir Licht, leicht könnten wir die Gegenstände verrücken auf den Tischen – so im Finstern –, und der Meister hat es nie geliebt, daß man die Dinge stört auf ihren Plätzen.» –

Einer der Freunde trat zur Wand und tastete nach den elektrischen Lampen. Man hörte das leise zischende Suchen seiner Fingerspit-zen, die an der Mauervertiefung umherfuhren, – dann wurde es mit einem Schlage Licht, und der messinggelbe Glanz der Metallpendel und Teleskope lachte grell auf im Raum.

Der Nachthimmel, der eben noch seine weiche sammetene Haut schmeichelnd an die Fenster geschmiegt, war plötzlich zurückgefah-ren und verbarg sein Antlitz jetzt weit, weit droben in dem eisigen Raume hinter den Sternen.

«Das ist die große runde Flasche – –, dort, Doktor», sagte Wij-kander, «von der ich Ihnen gestern sprach und die dem Meister zu seinem letzten Experimente diente.

Und von diesen beiden Metallpolen an den Wänden – sehen Sie hier – gingen die Wechselströme aus, die sogenannten Hertzschen Wellen, und hüllten die Flasche in ein elektrisches Feld.
Sie haben uns gelobt, Doktor, über alles, was Sie sehen und erfahren werden, unverbrüchliches Stillschweigen zu bewahren und uns mit Ihren Kenntnissen als Irrenarzt beizustehen, so gut es eben geht.

Glauben Sie nun wirklich, wenn der Meister jetzt kommen und in der Meinung, unbeobachtet zu sein, Dinge vollführen wird, die ich Ihnen wohl andeutete, unmöglich aber weiter enthüllen darf, daß Sie durch seine äußern Handlungen unbeeinflußt bleiben und bloß durch stumme Beobachtung seines ganzen Wesens feststellen können, ob Irrsinn ganz ausgeschlossen ist?

Werden Sie ihre wissenschaftlichen Vorurteile so weit unterdrük-ken können, daß Sie, wenn es sein muß, offen eingestehen: Ja, es ist ein mir fremder Geisteszustand, vielleicht jener hochschlafähnliche, der Turya-Trance heißen soll –, es ist etwas, das die Wissenschaft nie gesehen hat –, Irrsinn aber ist es nicht?

Werden Sie den Mut haben, das offen einzugestehen, Doktor? – Sehen Sie, nur die Liebe, den Meister vor Verderben zu schützen, hat uns den schweren Schritt wagen lassen, Sie hierher zu führen und vielleicht Dinge sehen lassen zu müssen, die noch niemals das Auge eines Ungeweihten erblickt hat.»

Doktor Mohini sah vor sich hin. «Ich werde ehrlich tun, was ich vermag, und auf alles Rücksicht nehmen, was Sie verlangten und mir gestern anvertrauten; – wenn ich aber alles wohl überlege, so möchte ich mir an den Kopf greifen. – Gibt es denn wirklich eine Wissenschaft, eine wahrhaft verborgene Weisheit, die ein unübersehbar weites Feld von Dingen erforscht haben will und beherrscht, von deren bloßer Existenz wir nicht einmal gehört haben sollen?!

Sie reden da nicht nur von Magie, – von schwarzer und weißer Magie; ich höre Sie von den Geheimnissen eines grünen, verborgenen Reiches reden und von unsichtbaren Bewohnern einer violetten Welt!

Sie selbst treiben – – violette Magie, sagen Sie, – gehören einer uralten Brüderschaft an, die aus grauer Vorzeit her diese Geheimnisse und Arkana zu bewahren hat.

Und von der ‹Seele› reden Sie wie von etwas Erwiesenem! – Ein feiner stofflicher Wirbel soll das sein, der Träger eines präzisen Bewußtseins?!

Und nicht nur das, – Ihr Meister soll eine solche Seele in diesem Glasbehälter dort eingesperrt haben, indem er die Flasche mit dem Hertzschen Oszillator umspült hält?! – Ich kann mir nicht helfen, aber das ist doch, weiß Gott, hellichter – – – – –»

Axel Wijkander stieß ungeduldig seinen Stuhl zurück, trat verstimmt an das große Fernrohr und blickte hinein.

«Ja, was können wir Ihnen wohl sonst sagen, Doktor Mohini», meinte endlich zögernd einer der Freunde. «– Es ist eben so; – der Meister hat durch lange Zeit in dieser Flasche eine menschliche Seele isoliert gehalten, hat die hemmenden Hüllen von ihr gelöst, eine nach der andern, wie man wohl die Hüllen von einer Meerzwiebel löst, hat ihre Kräfte verfeinert und – eines Tages war sie eben entwichen, hatte die Glaswand und das isolierende elektrische Feld durchdrungen, – war entflohen!» – – – –

In diesem Augenblicke unterbrach ein lauter Ruf Axel Wijkanders den Sprecher, und alle blickten erstaunt auf.

Wijkander rang nach Atem: «Ein Ring, ein gezackter Ring. Weißlich durchbrochen, es ist unglaublich, unerhört», schrie er. «Ein neuer Ring, ein neuer Saturnring hat sich gebildet!» –

Einer nach dem andern sah in das Glas und konnte sich vor Staunen kaum fassen.

Doktor Mohini, der nicht Astronom war und das Auftreten eines Phänomens wie das der Bildung eines neuen Saturnringes weder zu deuten noch in seiner ungeheuern Tragweite zu würdigen wußte, hatte kaum einige Fragen zu stellen begonnen, als man schwere Männertritte die Wendeltreppe heraufkommen hörte.

«An eure Plätze, um Gottes willen, – dreht das Licht ab, der Meister kommt», befahl Wijkander in wilder Hast, «und Sie, Doktor, bleiben in Ihrer Nische verborgen, was auch immer geschehen möge, hören Sie!

Sieht Sie der Meister, so ist alles verloren.»

Einen Augenblick später war das Observatorium wieder völlig dunkel und totenstill.

Die Schritte kamen näher und näher, eine Gestalt in weißem Seidentalar betrat den Raum und zündete eine winzige Lampe auf dem Tische an, die einen blendenden engen Lichtkreis warf.

«Es zerreißt mir die Seele», flüsterte Wijkander seinem Nachbar ins Ohr, – «der arme, arme Meister, wie der Gram seine Züge durchfurcht hat.»

Jetzt trat der Alte zum Teleskop, sah lange hinein und wankte wie gebrochen zum Tisch zurück.

«Von Stunde zu Stunde wächst der Ring – jetzt hat er sogar Zakken bekommen, es ist furchtbar», hörte man den Adepten verzweifelt klagen und sah ihn in heißem Schmerze das Gesicht in die Hände vergraben.

Eine lange, lange Zeit saß er so, und die Jünger in ihren Verstecken weinten leise vor sich hin.

Endlich sprang er auf in wildem Entschlusse, rollte die Flasche herbei in die Nähe des Fernrohrs und legte drei Gegenstände, deren Form nicht zu unterscheiden war, daneben auf den Boden.

Dann kniete er sich steif hin in die Mitte des Zimmers und bildete mit den Armen und dem Oberleib seltsame Stellungen, die geometrischen Figuren und Winkelmaßen glichen; – zugleich murmelte er eintönige Sätze, aus denen von Zeit zu Zeit langgezogene heulende Vokale hervorklangen. – –

«Allbarmherziger Gott, beschirme seine Seele, es ist die Beschwörung des Typhon», flüsterte entsetzt Wijkander den andern zu, – «er will die entflohene Seele aus dem Weltall zurückzwingen. – Mißlingt es, ist er dem Selbstmord verfallen; – Brüder, achtet scharf auf mein Zeichen und dann springt zu.

Und haltet eure Herzen fest, die Nähe schon des Typhon macht die Herzkammern bersten!»

Der Adept kniete immer noch unbeweglich, und die Vokale wurden lauter und heulender.

Die kleine Flamme auf dem Tisch warf trüben Schein, begann zu schwelen und glomm wie ein glühendes Auge durch den Raum, und es schien, als nehme ihr Licht nach und nach unter kaum merklichem Zucken eine grünlich violette Farbe an.

Das Murmeln des Beschwörers hatte ganz aufgehört, nur in langen, regelmäßigen Pausen gellte seine Stimme die Vokale hervor, die markerschütternd die Luft durchschnitten.

Sonst kein Laut. Eine Stille, so furchtbar und aufregend wie nagende Todespein. – –

Das Gefühl, als seien alle Dinge ringsum zu Asche zerfallen – und als sinke der Raum mit rasender Schnelle irgendwohin in einer unerklärlichen Richtung, immer tiefer hinab und hinab in das erstickende Reich der Vergangenheit, legte sich auf alle.

Dann plötzlich ein tappendes, schlammiges Klatschen quer durch das Zimmer wie von einem nassen, unsichtbaren Geschöpf, das sich in kurzen hastigen Sprüngen vorüberschnellt.

Violett schimmernde Handflächen erscheinen auf dem Fußboden, rutschen unschlüssig tastend hin und her, wollen sich erheben aus dem Reiche der Fläche zu Körpern und fallen kraftlos wieder zurück. Fahle schemengleiche Wesen – die hirnlosen, grauenhaften Überbleibsel der Toten – haben sich von den Wänden gelöst und gleiten umher, ohne Sinn, ohne Ziel, halbbewußt, mit den taumelnden, schlenkernden Bewegungen idiotischer Krüppel, blasen unter geheimnisvoll blödsinnigem Lächeln die Backen auf, – langsam, ganz langsam und verstohlen, als wollten sie irgendein unerklärliches verderbenbringendes Vorhaben bemänteln – oder stieren tückisch ins Weite, um plötzlich vorwärts zu schießen – blitzartig gleich Vipern –, eine kleine Strecke.

Geräuschlos fallen von der Decke blasige Körper, rollen sich auf und kriechen umher: – die weißen gräßlichen Spinnen, die die Sphären der Selbstmörder bevölkern und aus verstümmelten Kreuzesformen das Fangnetz der Vergangenheit weben, das unaufhörlich wächst und wächst von Stunde zu Stunde.

Eisiger Schrecken weht im Raum, – das Unfaßbare, außerhalb alles Denkens und Verstehens Liegende, die würgende Todesangst, die keine Wurzel mehr hat und auf keiner Ursache mehr fußt –: das formlose Muttertier des Entsetzens.

Da dröhnt dumpfes Fallen über den Boden hin, Doktor Mohini ist tot niedergestürzt.

Sein Gesicht steht im Nacken, der Mund weit aufgebrochen. «Haltet die Herzen fest, der Typhon – –» hört man noch Axel Wijkander schreien, dann bricht von allen Seiten eine Flut entfesselter Geschehnisse herein, eines das andere überstürzend. – Die große Flasche zerspringt in tausende, seltsam geformte Splitter, die Wände geben phosphoreszierenden Schein.

An den Rändern der Luken und Fensternischen setzt eine fremdartige Verwesung ein, die den harten Stein in eine gedunsene Masse wie blutleeres entartetes Zahnfleisch verwandelt, – sich mit der Schnelligkeit leckender Flammen weiterfrißt, Decke und Mauern ergreifend.

Taumelnd ist der Adept aufgesprungen, – hat in Geistesverwirrung ein spitzes Opfermesser erfaßt und es sich in die Brust gestoßen.

Wohl sind ihm die Jünger in den Arm gefallen, die tiefe Wunde jedoch, aus der jetzt das Leben sickert, können sie nicht mehr schließen. – – – – – – – – – – – – – –

– – – – – – – – – – – – – – – – – – – – – – – –

Die strahlende Helle der elektrischen Lampen ist wieder Siegerin im runden Raum des Observatoriums, und verschwunden sind die Spinnen und die Schemen und die Fäulnis.

Zersplittert aber liegt die Flasche, deutliche Brandspuren bedecken den Boden, und der Meister verblutet auf einer Matte. Nach dem Opfermesser haben sie vergeblich gesucht. Unter dem Teleskop, mit verkrampften Gliedern, liegt die Leiche Mohinis auf der Brust, und das Gesicht – nach oben gedreht – grinst verzerrt im Todesschrecken zur Decke empor.

Die Jünger umstehen des Meisters Lager, und ihrem Flehen, sich zu schonen, wehrt er mild: «Lasset mich zu euch sprechen und grämt euch nicht.

Mein Leben hält keiner mehr, und meine Seele ist voll der Sehnsucht, zu vollbringen, was sie im Körper nicht vermocht.

Habt ihr nicht gesehen, wie der Hauch der Verwesung durch dieses Haus schritt! Ein kurzer Augenblick noch, und er wäre stofflich geworden, – wie sich Nebel niederschlägt zu bleibendem Reif, – und die Sternwarte und alles darinnen, ihr und ich, wir wären jetzt Schimmel und Moder.

Die Sengspuren dort auf dem Fußboden, sie stammen von den Händen der haßerfüllten Bewohner des Abgrundes, die vergeblich nach meiner Seele griffen. Und so wie ihre Male hier eingebrannt stehen in Holz und Stein, wäre auch ihr anderes Werk bleibend und sichtbar geworden, hättet ihr euch nicht mutvoll dazwischen geworfen.

Denn alles, was auf Erden ‹bleibend› ist, wie es die Toren nennen, ist vorher Spuk gewesen, – Spuk, sichtbar oder unsichtbar – und ist nichts mehr als erstarrter Spuk.

Deshalb, was es auch sei, Schönes oder Häßliches, Erhabenes, Gutes oder Böses, Heiteres mit dem verborgenen Tode im Herzen oder Trauriges mit der verborgenen Heiterkeit im Herzen, – immer haftet etwas von Spuk daran.

Wenn auch nur wenige das Gespenstische fühlen in der Welt, so ist es doch da, ewig und immerwährend.

Es ist die Grundlehre unseres Bundes, daß wie die steilen Wände des Lebens emporklimmen sollen zur Spitze des Berges, wo der gigantische Magier steht und mit seinen Blendspiegeln die Welt da unten hervorzaubert aus trügerischen Reflexen!

Seht, da habe ich gerungen um das höchste Wissen, habe nach einem menschlichen Wesen gesucht, um es zu töten, der Erforschung seiner Seele wegen. Einen Menschen wollte ich opfern, der wahrhaft unnütz ist auf Erden; und ich mischte mich unter das Volk, unter Männer und Weiber, und wähnte ihn leicht zu finden.

Mit der Freude der Gewißheit ging ich zu Rechtsanwälten, zu Medizinern und Militär –; unter Gymnasialprofessoren hatte ich ihn beinahe schon gefaßt – beinahe!

Immer nur beinahe, denn stets war ein kleines, oft nur winziges heimliches Zeichen an ihnen, und zwang mich loszulassen.

Dann kam die Zeit, wo ich endlich darauf stieß. Nicht auf ein einzelnes Geschöpf – nein, auf eine ganze Schicht.

Wie man unversehens auf ein Heer von Mauerasseln stößt, wenn man im Keller einen alten Topf vom Boden hebt.

Die Pastoren‹weibse›!
Das war es!

Ich habe eine ganze Schnur von Pastorenweibsen belauscht, wie sie rastlos sich ‹nützlich machen›, Versammlungen abhalten ‹zur Aufklärung von Dienstboten›, für die armen Negerkinder, die sich der göttlichen Nacktheit freuen, warme scheußliche Strümpfe stricken, Sittlichkeit verteilen und protestantischbaumwollene Handschuhe; – und wie sie uns arme, geplagte Menschheit belästigen: man solle doch Stanniol sammeln, alte Korke, Papierschnitzel, krumme Nägel und anderen Dreck, damit – ‹nichts verkomme›! –

Und gar als ich sah, daß sie sich anschickten, neue Missionsgesellschaften auszuhecken und mit den Abwässern ‹moralischen› Aufklärichts die Mysterien der heiligen Bücher zu verdünnen, da war die Schale meines Grimmes voll.

Eine, – ein pinselblondes ‹deutsches› Biest, ein echtes Gewächs aus wendisch-kaschubischem Obotritenblut, hatte ich schon unter dem Messer, da sah ich, daß sie – gesegneten Leibes war, und Mosis uraltes Gesetz gebot mir Halt.

Eine zweite fing ich ein, eine zehnte und hundertste, und immer waren sie – – gesegneten Leibes!

Da legte ich mich auf die Lauer Tag und Nacht – wie der Hund mit den Krebsen –, und so gelang es mir endlich, im richtigen Augenblick eine direkt aus dem Wochenbett herauszufangen.

Eine glatt gescheitelte sächsische Betthäsin mit blauen Gänseaugen war es.

Neun Monate lang hielt ich sie noch eingesperrt aus Gewissensgründen, vorsichtshalber, ob nicht am Ende doch noch etwas nachkäme oder eine Art jungfräulicher Vermehrung einträte, wie bei den Mollusken der Tiefsee durch ‹Abschnürung› oder dergleichen.

In den unbewachten Sekunden ihrer Gefangenschaft hat sie damals noch heimlich einen dicken Band geschrieben: ‹Herzensworte als Mitgabe für deutsche Töchter bei ihrer Aufnahme in den Kreis der Erwachsenen›. – – –

Aber ich habe das Buch rechtzeitig erwischt und sofort im Knallgasgebläse verbrannt – – – – –!

Als ich schließlich ihre Seele vom Körper losgetrennt und in der großen Glasflasche isoliert hielt, ließ mich eines Tages ein unerklärlicher Geruch nach Ziegenmilch Böses ahnen, und ehe ich noch den Hertzschen Oszillator, der offenbar einen Augenblick versagt hatte, wieder in Ordnung bringen konnte, war das Unglück bereits geschehen und die *anima paſtoris* unwiederbringlich entwichen.

Augenblicklich wandte ich wohl die stärksten Lockmittel an, legte ein Paar Frauenunterhosen aus rosa Barchent (Schutzmarke ‹Lama›) aufs Fensterbrett, einen elfenbeinernen Rückenkratzer, ja ein Poesiealbum aus giftblauem Sammet mit goldenen Geschwüren – aber alles umsonst!

Wandte nach den Gesetzen okkulter Telenergie magische Fernreize an, – vergebens!!

Eine destillierte Seele ist eben kaum zu fangen!

Nun lebt sie frei im Weltenraum und lehrt die arglosen Planetengeister die infernalische Kunst der weiblichen Handarbeit.

Und heute hat sie sogar um den Saturn – – – einen neuen Ring gehäkelt!!

Und das war zuviel für mich.

Ich habe wohl alles durchdacht und mein Hirn zermartert, – es blieben nur zwei Wege; der eine: Reizungen anwenden, – glich der Skylla, der andere, Reizungen unterlassen, war die Charybdis.

Ihr kennt ja die geniale Lehre des großen Johannes Müller, die da lautet: ‹Wenn man die Netzhaut des Auges belichtet oder drückt, erhitzt oder elektrisiert oder Reize auf sie ausübt, welche immer, so tauchen nicht etwa den verschiedenen objektiven Reizen entsprechende Empfindungen von Licht, Druck, Wärme, Elektrizität auf, sondern niemals andere als Sehempfindungen, und wenn man die Haut belichtet oder drückt, betönt oder elektrisiert, nie tauchen andere als Tastempfindungen auf mit allen ihren Folgen.›

Und dieses unerbittliche Gesetz waltet auch hier, denn:

Wird auf den Wesenskern der Pastorenweibse ein Reiz ausgeübt, – welcher immer – so – – häkelt sie, – und bleibt er ungereizt – –», des Meisters Stimme wurde leise und unirdisch, «–, so – so vermehrt sie sich – – bloß.» – – – – – – – –

Tot sank der Adept zurück.

Erschüttert faltete Axel Wijkander die Hände:

«Lasset uns beten, Brüder.

Er hat das Land des Friedens betreten; des bleibe seine Seele froh für und für!»

Um mir die Priorität dieser Prophezeiung zu sichern, stelle ich fest, daß folgende Novelle im Jahre 1903 geschrieben wurde.

Gustav Meyrink

# PETROLEUM, PETROLEUM

Freitag – mittags – war es, da schüttete Dr. Kunibald Jessegrim die Strychninlösung langsam in den Bach.

Ein Fisch tauchte an die Oberfläche – tot – mit dem Bauche aufwärts.

«So tot wärest du jetzt», sprach Jessegrim zu sich selber und reckte sich, – froh, daß er die Selbstmordgedanken mit dem Gifte weggegossen hatte.

Dreimal in seinem Dasein hatte er auf diese Weise schon dem Tode ins Auge gesehen, und jedesmal war er durch eine dumpfe Ahnung, daß er noch zu Großem – zu einer wilden, umfassenden Rache – berufen sei, wieder an das Leben gefesselt worden.

Das erstemal wollte er ein Ende machen, als man ihm seine Erfindung gestohlen hatte, – dann nach Jahren, wie sie ihn aus seiner Stellung jagten, weil er nicht aufhörte, den Dieb seiner Erfindung zu verfolgen und bloßzustellen, – und jetzt, weil – – weil – –

Kunibald Jessegrim stöhnte auf, wie die Gedanken an sein wildes Weh wieder lebendig wurden. –

Alles war dahin, – alles, an dem er gehangen, – alles, was ihm einst lieb und teuer gewesen. – Und nur der blinde, bornierte, grundlose Haß einer Menge, die, von Schlagworten beseelt, allem sich entgegenstemmt, was nicht in die Schablone geboren ist, hatte ihm das angetan. –

Was hatte er nicht alles unternommen, erdacht und vorgeschlagen. – Kaum im Zuge, mußte er aufhören – vor ihm die «chinesische Mauer»: der lieben Menschen breitgestirnte Schar und das Schlagwort «aber».

– – – – – – – – – – – – – – – – – – – – – – – – – – – – – –

– – – «Gottesgeißel» – ja, so heißt die Erlösung. – Herr im Himmel, Allmächtiger, laß mich ein Zerstörer sein, – ein Attila! – loderte die Wut in Jessegrims Herzen. –

Timur Lenk, der Dschingis-Khan, wie er durch Asien hinkt und Europas Fluren verwüstet mit seinem gelben Mongolenheer, – die Vandalenführer, die erst auf dem Schutte römischer Kunst die Ruhe finden, – sie alle waren von seinem Geschlecht – starke, ungeschlachte Brüder, in einem Adlernest geboren. –

Eine ungeheure, schrankenlose Liebe zu diesen Geschöpfen des Gottes Shiva erwachte in ihm. – Die Geister dieser Toten werden mit mir sein, fühlte er, – und ein anderer Typus trat in seinen Körper – blitzartig.

Wenn er sich in diesem Augenblicke hätte in einem Spiegel sehen können, wären ihm die Wunder der Transfiguration kein Rätsel mehr geblieben. – –

So fallen die dunklen Mächte der Natur ins Blut des Menschen – tief und schnell.

– – – – – – – – – – – – – – – – – – – – – – – – –

Dr. Jessegrim besaß ein profundes Wissen, – er war Chemiker, und sich durchzubringen, fiel ihm nicht schwer. –

In Amerika kommen solche Menschen gut fort, – was Wunder, daß auch er bald zu Geld kam, – zu Reichtümern sogar.

Er hatte sich in Tampiko in Mexiko angesiedelt und durch einen schwunghaften Handel mit Meskal, einem neuen narkotischen Genuß- und Betäubungsmittel, das er chemisch zu präparieren verstand, Millionen erworben.

Viele Quadratmeilen Ländereien im Umkreise Tampikos waren sein Eigen, und der enorme Reichtum an Petroleumquellen versprach sein Vermögen ins Ungezählte zu vermehren.

Doch das war es nicht, wonach sein Herz sich sehnte.

– – – – – – – – – – – – – – – – – – – – – – – – –

Neujahr zog ins Land. –

«Morgen wird der 1. Januar 1951 sein, und die faulen Kreolen werden wieder einen Anlaß haben, drei Feiertage lang sich zu betrinken und Fandango zu tanzen», dachte Dr. Jessegrim und sah von seinem Balkon auf das stille Meer hinab.

«Und in Europa wird's nicht viel besser sein. Jetzt um diese Zeit erscheinen in Österreich schon die ‹Tagesblätter› – zweimal dicker als sonst und viermal so dumm. Das neue Jahr als nackter Junge abgebildet, frische Kalender mit schwebenden Frauen und Füllhörnern, statistische Merkwürdigkeiten: daß am Dienstag 11 Uhr 35 Minuten 16 Sekunden mittags genau 9 Milliarden Sekunden verflossen seien, seit der Erfinder der doppelten Buchhaltung die Augen zur wohlverdienten ewigen Ruhe geschlossen habe, – und so weiter.» – – –

Dr. Jessegrim saß noch lange und starrte auf den regungslosen Meeresspiegel, der so eigen schimmerte im Sternenschein. Bis es zwölf Uhr schlug. –

Mitternacht! – –

Er nahm seine Uhr heraus und zog sie langsam auf, bis seine Fingerspitzen den Widerstand am Remontoir fühlten. – Leise drückte er dagegen und immer stärker ... da – – ein leises Knacken, die Feder war zerbrochen, die Uhr stand still. – – –

– – – Dr. Jessegrim lächelte spöttisch: «So will ich euch auch die Feder abdrehen, ihr lieben, guten –»

– – – – – – – – – – – – – – – – – – – – – – – – – –

Eine fürchterliche Detonation erschreckte die Stadt. Sie dröhnte von weit her, vom Süden, und die Schiffer meinten, es müsse in der Nähe der großen Landzunge – ungefähr zwischen Tampiko und Vera-Cruz – der Ursprung der Erscheinung zu suchen sein. –

Feuerschein hatte niemand gesehen, – auch die Leuchttürme gaben keine Signale. – –

Donner? – jetzt? – und bei heiterem Himmel! – – Unmöglich. – Also wahrscheinlich ein Erdbeben. –

Alles bekreuzigte sich, – nur die Wirte fluchten wie wild, denn sämtliche Gäste waren aus den Schenken gestürzt und hatten sich auf die Anhöhen der Stadt begeben, wo sie sich unheimliche Geschichten erzählten.

Dr. Jessegrim beachtete all das gar nicht, er war in sein Studierzimmer getreten und summte etwas wie: «Ade, mein Land Tirol» –

Er war vorzüglich aufgelegt und holte eine Landkarte aus der Schublade, stach an ihr mit einem Zirkel herum, – verglich in seinem Notizbuch und freute sich, daß alles stimmte: Bis Omaha, vielleicht noch weiter nach Norden zog sich das Petroleumgebiet, daran ließ sich nicht mehr zweifeln, und daß das Erdöl unterirdisch ganze Seen, so groß wie die Hudsonbay, bilden mußte, das wußte er.

Er wußte es, er hatte es ausgerechnet, – volle zwölf Jahre daran gerechnet. – – –

Ganz Mexiko stand seiner Meinung nach auf Felsenhöhlen im Erdinnern, die zum großen Teile, wenigstens so weit sie mit Petroleum gefüllt waren, miteinander in Verbindung standen.

Die vorhandenen Zwischenwände nach und nach wegzusprengen, war seine Lebensaufgabe geworden. – Jahre lang hatte er dazu ganze Scharen Arbeiter beschäftigt, – und was das für Geld gekostet!

Die vielen Millionen, die er an dem Handel mit Meskal verdient hatte, waren drauf gegangen.

Und wenn er dabei ein einziges Mal eine Erdölquelle traf, – wäre alles aus gewesen. – Die Regierung hätte ihm natürlich sofort die Sprengerei gelegt, der sie so wie so stets abhold war. – – –

– Heute nachts sollten die letzten Wände fallen, – die zum Meere zu, – an der Landzunge – und die weiter nördlich bei St. Louis de Potosi. –

Automatische Vorrichtungen besorgten die Explosion. – – –

Dr. Kunibald Jessegrim steckte die paar Tausenddollarscheine, die ihm noch blieben, zu sich und fuhr auf den Bahnhof. – Um vier Uhr früh ging der Schnellzug nach New York. –

Was sollte er noch in Mexiko?!

– – – – – – – – – – – – – – – – – – – – – – – – – – – – – –

Richtig, da stand es schon in allen Zeitungen – das Originaltelegramm von sämtlichen Küstenpunkten des mexikanischen Golfes in den Abkürzungen des internationalen Cable-Code:

«Ephraim Kalbsniere Beerenschleim», was übersetzt ungefähr heißt: «Meeresspiegel ganz mit Petroleum bedeckt, Ursache unbekannt, alles stinkt weit und breit. Der staatliche Gouverneur.»

Die Yankees interessierte das ungemein, da das Ereignis doch zweifelsohne einen mächtigen Eindruck auf die Börse und die Petroleumkurse hervorbringen mußte, – und Besitzverschiebung ist doch das halbe Leben! – –

Die Bankmänner in Wallstreet, von der Regierung befragt, ob das Ereignis ein Steigen oder Sinken der Kurse hervorbringen werde, zuckten die Achseln und lehnten Urteile ab, ehe nicht die Ursache des Phänomens bekannt sei; – dann allerdings – – wenn man das

Gegenteil von dem an der Börse machen werde, was die Vernunft gebiete, ließe sich wohl viel Geld verdienen. –

Auf die Gemüter Europas brachte die Nachricht keinen besonderen Eindruck hervor, – erstens war man durch Schutzzölle gedeckt, und zweitens waren gerade neue Gesetze im Werden, die durch geplante Einführung des sogenannten dreijährig freiwilligen Nummernzwanges, verbunden mit Abschaffung der Eigennamen männlicher Individuen, die Vaterlandsliebe anfachen und die Seelen zum Militärdienste besser geeignet machen sollten. – – –

– – – – – – – – – – – – – – – – – – – – – – – – – –

Unterdessen floß das Petroleum, genau wie Dr. Jessegrim berechnet hatte, fleißig aus den unterirdischen Becken Mexikos ins Meer ab und bildete an der Oberfläche eine opalisierende Schicht, die sich immer weiter und weiter ausdehnte und, vom Golfstrom fortgetrieben, bald den ganzen Meerbusen zu bedecken schien.

– – – Die Gestade waren verödet, und die Bevölkerung zog sich ins Innere des Landes zurück. –

Schade um die blühenden Städte!

Dabei war der Anblick der See ein furchtbar schöner, – eine unabsehbare Fläche, schimmernd und schillernd in allen Farben: rot, grün und violett, – – wieder tiefes, tiefes Schwarz, wie Phantasien aus märchenhafter Sternenwelt. – Das Öl war dicker, als sonst Petroleum zu sein pflegt, und zeigte durch seine Berührung mit dem salzigen Seewasser keine andere Veränderung, als daß es allmählich an Geruch verlor. – – –

Die Gelehrten meinten, daß eine präzise Erforschung der Ursachen dieser Erscheinung von hohem wissenschaftlichem Werte sei, und da Dr. Jessegrims Ruf im Lande – wenigstens als Praktiker und Kenner mexikanischer Petroleumlager – begründet war, stand man nicht an, auch seine Meinung einzuholen. –

Die war kurz und bündig, wenn sie auch das Thema nicht in dem Sinne behandelte, wie man erwartete:

«Wenn das Erdöl in dem Maße weiterströmt, wie bisher, so werden meiner Berechnung nach in 27–29 Wochen sämtliche Ozeane der Erde davon bedeckt sein und ein Regen in Zukunft für immer ausbleiben, da kein Wasser mehr verdunsten kann, – im besten Falle wird es dann nur Petroleum regnen.» –

– – – Diese frivole Prophezeiung rief eine stürmische Mißbilligung wach, gewann aber täglich an Wahrscheinlichkeit, und als die unsichtbaren Zuflüsse gar nicht versiegen wollten, – im Gegenteil, sich ganz außerordentlich zu vergrößern schienen, befiel ein panisches Entsetzen die gesamte Menschheit.

Stündlich waren neue Berichte von den Sternwarten Amerikas und Europas zu lesen, – ja sogar die Prager Sternwarte, die bis dahin immer nur den Mond photographiert hatte, begann allmählich, sich den neuen seltsamen Erscheinungen zuzuwenden.

In der alten Welt sprach bald niemand mehr von der neuen Militärvorlage, und der Vater des Gesetzentwurfs, der in einer europäischen Streitmacht bedienstete Major Dressel Ritter von Glubinger ab Zinkski auf Trottelgrün, kam ganz in Vergessenheit.

Wie immer in Zeiten der Verwirrung, wenn die Zeichen des Unheils dräuend am Himmel stehen, meldeten sich die Stimmen der unruhigen Geister, die, mit dem Bestehenden nie zufrieden, an altehrwürdige Einrichtungen zu tasten wagen:

«Weg mit dem Militär, das unser Geld frißt, frißt, frißt! – Bauet lieber Maschinen, ersinnet Mittel, um die verzweifelnde Menschheit vor dem Petroleum zu retten» – – –

Aber das geht ja doch nicht, – mahnten die Besonnenern, man kann doch nicht so viele Millionen Menschen auf einmal brotlos machen!

– – – «Wieso brotlos? Die Mannschaft braucht ja nur entlassen zu werden, – jeder von ihnen hat ja doch etwas gelernt, und sei es auch nur das einfachste Handwerk», war die Antwort.

– – – «Na ja, – gut – die Mannschaft! – Aber was soll man mit den vielen Offizieren machen?» –

– – – Das war allerdings ein gewichtiges Argument.

– – – – – – – – – – – – – – – – – – – – – – – – – – – –

Lange schwankten die Meinungen hin und her, und keine Partei konnte die Oberhand gewinnen, bis die chiffrierte Kabelbotschaft aus New York eintraf:

«Stachelschwein pfundweise Bauchfellentzündung Amerika», – das heißt übersetzt:

– «Erdölquellen nehmen stetig zu, Situation äußerst gefährlich. Drahtet umgehend, ob Gestank bei euch auch so unerträglich. Herzlichen Gruß! Amerika.»

– – Das schlug dem Faß den Boden aus! –

Ein Volksredner – ein wilder Fanatiker – stand auf, – mächtig wie ein Fels in der Brandung – faszinierend – und stachelte durch die Kraft seiner Rede das Volk zu den unüberlegtesten Taten.

«Lasset die Soldaten frei, – fort mit dieser Spielerei, – sollen die Offiziere sich auch einmal nützlich machen. – Geben wir ihnen neue Uniformen, wenn's ihnen schon Freude macht, – meinetwegen froschgrüne mit roten Tupfen. – Und an die Meeresufer mit ihnen, sollen sie dort mit Fließpapier das Petroleum auftunken, während die Menschheit nachdenkt, wie dem schrecklichen Unheil zu steuern ist.» –

– – Die Menge jubelte Beifall. –

– Die Vorstellungen, daß solche Maßregeln gar keine Wirkung haben könnten, daß sich da doch viel eher mit chemischen Mitteln ankämpfen ließe, fanden kein Gehör. –

«Wissen wir, – wissen wir alles», – hieß es. «Aber was soll man dann mit den vielen überflüssigen Offizieren anfangen, – he?»

# DER VIOLETTE TOD

Der Tibetaner schwieg.

Die magere Gestalt stand noch eine Zeitlang aufrecht und unbeweglich, dann verschwand sie im Dschungel.

Sir Roger Thornton starrte ins Feuer. Wenn er kein Sannyasin – kein Büßer – gewesen wäre, der Tibetaner, der überdies nach Benares wallfahrtete, so hätte er ihm natürlich kein Wort geglaubt – aber ein Sannyasin lügt weder, noch kann er belogen werden. –

Und dann dieses tückische, grausame Zucken im Gesichte des Asiaten!?

Oder hat ihn der Feuerschein getäuscht, der sich so seltsam in den Mongolenaugen gespiegelt?

Die Tibetaner hassen den Europäer und hüten eifersüchtig ihre magischen Geheimnisse, mit denen sie die hochmütigen Fremden einst zu vernichten hoffen, wenn der große Tag heranbricht.

Einerlei, er, Sir Hannibal Roger Thornton, muß mit eigenen Augen sehen, ob okkulte Kräfte tatsächlich in den Händen dieses merkwürdigen Volkes ruhen. Aber er braucht Gefährten, mutige Männer, deren Wille nicht bricht, auch wenn die Schrecken einer anderen Welt hinter ihnen stehen.

Der Engländer musterte seine Gefährten: – Dort der Afghane wäre der einzige, der in Betracht käme von den Asiaten – furchtlos wie ein Raubtier, doch abergläubisch!

Es bleibt also nur sein europäischer Diener.

Sir Roger berührt ihn mit seinem Stock. – Pompejus Jaburek ist seit seinem zehnten Jahre völlig taub, aber er versteht es, jedes Wort, und sei es noch so fremdartig, von den Lippen zu lesen.

Sir Roger Thornton erzählt ihm mit deutlichen Gesten, was er von dem Tibetaner erfahren: Etwa zwanzig Tagereisen von hier, in einem genau bezeichneten Seitentale des Himavat, befinde sich ein ganz seltsames Stück Erde. – Auf drei Seiten senkrechte Felswände; – der einzige Zugang abgesperrt durch giftige Gase, die ununterbrochen aus der Erde dringen und jedes Lebewesen, das passieren will, augenblicklich töten. – In der Schlucht selbst, die etwa fünfzig englische Quadratmeilen umfaßt, solle ein kleiner Volksstamm leben – mitten unter üppigster Vegetation –, der der tibetanischen Rasse angehöre, rote, spitze Mützen trage und ein bösartiges satanisches Wesen in Gestalt eines Pfaues anbete. – Dieses teuflische Wesen habe die Bewohner im Laufe der Jahrhunderte die schwarze Magie gelehrt und ihnen Geheimnisse geoffenbart, die einst den ganzen Erdball umgestalten sollen; so habe es ihnen auch eine Art Melodie beigebracht, die den stärksten Mann augenblicklich vernichten könne.

Pompejus lächelte spöttisch.

Sir Roger erklärte ihm, daß er gedenke, mit Hilfe von Taucherhelmen und Tauchertornistern, die komprimierte Luft enthalten sollen, die giftigen Stellen zu passieren, um ins Innere der geheimnisvollen Schlucht zu dringen.

Pompejus Jaburek nickte zustimmend und rieb sich vergnügt die schmutzigen Hände.

- - - - - - - - - - - - - - - - - - - - - - - - - - - - - -

Der Tibetaner hatte nicht gelogen: dort unten lag im herrlichsten Grün die seltsame Schlucht; ein gelbbrauner, wüstenähnlicher Gürtel aus lockerem, verwittertem Erdreich – von der Breite einer halben Wegstunde – schloß das ganze Gebiet gegen die Außenwelt ab.

Das Gas, das aus dem Boden drang, war reine Kohlensäure.

Sir Roger Thornton, der von einem Hügel aus die Breite dieses Gürtels abgeschätzt hatte, entschloß sich, bereits am kommenden Morgen die Expedition anzutreten. – Die Taucherhelme, die er sich aus Bombay hatte schicken lassen, funktionierten tadellos.

Pompejus trug beide Repetiergewehre und diverse Instrumente, die sein Herr für unentbehrlich hielt.

Der Afghane hatte sich hartnäckig geweigert mitzugehen und erklärt, daß er stets bereit sei, in eine Tigerhöhle zu klettern, sich es aber sehr überlegen werde, etwas zu wagen, was seiner unsterblichen Seele Schaden bringen könne. – So waren die beiden Europäer die einzigen Wagemutigen geblieben.

- - - - - - - - - - - - - - - - - - - - - - - - - - - - - -

Die kupfernen Taucherhelme funkelten in der Sonne und warfen wunderliche Schatten auf den schwammartigen Erdboden, aus dem die giftigen Gase in zahllosen, winzigen Bläschen aufstiegen. – Sir Roger hatte einen sehr schnellen Schritt eingeschlagen, damit die komprimierte Luft ausreiche, um die gasige Zone zu passieren. – Er sah alles vor sich in schwankenden Formen wie durch eine dünne Wasserschicht. – Das Sonnenlicht schien ihm gespenstisch grün und färbte die fernen Gletscher – das «Dach der Welt» mit seinen gigantischen Profilen – wie eine wundersame Totenlandschaft.

Er befand sich mit Pompejus bereits auf frischem Rasen und zündete ein Streichholz an, um sich vom Vorhandensein atmosphärischer Luft in allen Schichten zu überzeugen. – Dann nahmen beide die Taucherhelme und Tornister ab.

Hinter ihnen lag die Gasmauer wie eine bebende Wassermasse. – In der Luft ein betäubender Duft wie von Amberiablüten. Schillernde handgroße Falter, seltsam gezeichnet, saßen mit offenen Flügeln wie aufgeschlagene Zauberbücher auf stillen Blumen.
Die beiden schritten in beträchtlichem Zwischenraume voneinander der Waldinsel zu, die ihnen den freien Ausblick hinderte.

Sir Roger gab seinem tauben Diener ein Zeichen – er schien ein Geräusch vernommen zu haben. – Pompejus zog den Hahn seines Gewehres auf.

Sie umschritten die Waldspitze, und vor ihnen lag eine Wiese. – Kaum eine viertel englische Meile vor ihnen hatten etwa hundert Mann, offenbar Tibetaner, mit roten spitzen Mützen einen Halbkreis gebildet: – man erwartete die Eindringlinge bereits. – Furchtlos ging Sir Roger – einige Schritte seitlich vor ihm Pompejus – auf die Menge zu.

Die Tibetaner waren in die gebräuchlichen Schaffelle gekleidet, sahen aber trotzdem kaum wie menschliche Wesen aus, so abschreckend häßlich und unförmlich waren ihre Gesichter, in denen ein Ausdruck furchterregender und übermenschlicher Bosheit lag. – Sie ließen die beiden nahe herankommen, dann hoben sie blitzschnell, wie ein Mann, auf das Kommando ihres Führers die Hände empor und drückten sie gewaltsam gegen ihre Ohren. – Gleichzeitig schrien sie etwas aus vollen Lungen.

Pompejus Jaburek sah fragend nach seinem Herrn und brachte die Flinte in Anschlag, denn die seltsame Bewegung der Menge schien

ihm das Zeichen zu irgendeinem Angriff zu sein. – Was er nun wahrnahm, trieb ihm alles Blut zum Herzen:

Um seinen Herrn hatte sich eine zitternde wirbelnde Gasschicht
gebildet, ähnlich der, die beide vor kurzem durchschritten hatten. –
Die Gestalt Sir Rogers verlor die Konturen, als ob sie von dem Wirbel
abgeschliffen würden, – der Kopf wurde spitzig – die ganze Masse
sank wie zerschmelzend in sich zusammen, und an der Stelle, wo sich
noch vor einem Augenblick der sehnige Engländer befunden hatte,
stand jetzt ein hellvioletter Kegel von der Größe und Gestalt eines
Zuckerhutes.

Der taube Pompejus wurde von wilder Wut geschüttelt. – Die
Tibetaner schrien noch immer, und er sah ihnen gespannt auf die
Lippen, um zu lesen, was sie eigentlich sagen wollten.

Es war immer ein und dasselbe Wort. – Plötzlich sprang der Führer
vor, und alle schwiegen und senkten die Arme von den Ohren. –
Gleich Panthern stürzten sie auf Pompejus zu. – Dieser feuerte wie
rasend aus seinem Repetiergewehr in die Menge hinein, die einen
Augenblick stutzte.

Instinktiv rief er ihnen das Wort zu, das er vorher von ihren Lippen
gelesen hatte: «Ämälän – Äm–mä–län», brüllte er, daß die Schlucht
erdröhnte wie unter Naturgewalten.

Ein Schwindel ergriff ihn, er sah alles wie durch starke Brillen,
und der Boden drehte sich unter ihm. – Es war nur einen Moment
gewesen, jetzt sah er wieder klar.

Die Tibetaner waren verschwunden – wie vorhin sein Herr –;
nur zahllose violette Zuckerhüte standen vor ihm.

Der Anführer lebte noch. Die Beine waren bereits in bläulichen
Brei verwandelt, und auch der Oberkörper fing schon an zu schrump-
fen – es war, als ob der ganze Mensch von einem völlig durchsichti-
gen Wesen verdaut würde. – Er trug keine rote Mütze, sondern ein
mitraähnliches Gebäude, in dem sich gelbe lebende Augen bewegten.

Jaburek schmetterte ihm den Flintenkolben an den Schädel, hatte
aber nicht verhindern können, daß ihn der Sterbende mit einer im
letzten Moment geschleuderten Sichel am Fuße verletzte.

Dann sah er um sich. – Kein lebendes Wesen weit und breit.

Der Duft der Amberiablüten hatte sich verstärkt und war fast stechend geworden. – Er schien von den violetten Kegeln auszugehen, die Pompejus jetzt besichtigte. – Sie waren einander gleich und bestanden alle aus demselben hellvioletten gallertartigen Schleim. Die Überreste Sir Roger Thorntons aus diesen violetten Pyramiden herauszufinden, war unmöglich.

Pompejus trat zähneknirschend dem toten Tibetanerführer ins Gesicht und lief dann den Weg zurück, den er gekommen war. – Schon von weitem sah er im Gras die kupfernen Helme in der Sonne blitzen. – Er pumpte seinen Tauchertornister voll Luft und betrat die Gaszone. – Der Weg wollte kein Ende nehmen. Dem Armen liefen die Tränen über das Gesicht – Ach Gott, ach Gott, sein Herr war tot. – Gestorben, hier, im fernen Indien! – Die Eisriesen des Himalaja gähnten gen Himmel – was kümmerte sie das Leid eines winzigen pochenden Menschenherzens? – – – – – – – – – – – – – – – –

Pompejus Jaburek hattte alles, was geschehen war, getreulich zu Papier gebracht, Wort für Wort, so wie er es erlebt und gesehen hatte – denn verstehen konnte er es noch immer nicht –, und es an den Sekretär seines Herrn nach Bombay, Adheritollahstraße 17, adressiert. – Der Afghane hatte die Besorgung übernommen. – Dann war Pompejus gestorben, denn die Sichel des Tibetaners war vergiftet gewesen.

«Allah ist das Eins und Mohammed ist sein Prophet», betete der Afghane und berührte mit der Stirne den Boden. – Die Hindujäger hatten die Leiche mit Blumen bestreut und unter frommen Gesängen auf einem Holzstoße verbrannt. – – –

Ali Murrad Bei, der Sekretär, war bleich geworden, als er die Schreckensbotschaft vernahm, und hatte das Schriftstück sofort in die Redaktion der «Indian Gazette» geschickt.

Die neue Sintflut brach herein.

Die «Indian Gazette», die die Veröffentlichung des «Falles Sir Roger Thornton» brachte, erschien am nächsten Tage um volle drei Stunden später als sonst. – Ein seltsamer und schreckenerregender Zwischenfall trug die Schuld an der Verzögerung:
Mr. Birendranath Naorodjee, der Redakteur des Blattes, und zwei Unterbeamte, die mit ihm die Zeitung vor der Herausgabe noch mitternachts durchzuprüfen pflegten, waren aus dem verschlossenen

Arbeitszimmer spurlos verschwunden. – Drei bläuliche gallertartige Zylinder standen statt dessen auf dem Boden, und mitten zwischen ihnen lag das frischgedruckte Zeitungsblatt. – Die Polizei hatte kaum mit bekannter Wichtigtuerei die ersten Protokolle angefertigt, als zahllose ähnliche Fälle gemeldet wurden.

Zu Dutzenden verschwanden die zeitunglesenden und gestikulierenden Menschen vor den Augen der entsetzten Menge, die aufgeregt die Straßen durchzog. – Zahllose violette kleine Pyramiden standen umher, auf den Treppen, auf den Märkten und Gassen – wohin das Auge blickte.

Ehe der Abend kam, war Bombay halb entvölkert. Eine amtliche sanitäre Maßregel hatte die sofortige Sperrung des Hafens, wie überhaupt jeglichen Verkehrs nach außen verfügt, um eine Verbreitung der neuartigen Epidemie, denn wohl nur um eine solche konnte es sich hier handeln, möglichst einzudämmen. – Telegraph und Kabel spielten Tag und Nacht und schickten den schrecklichen Bericht, sowie den ganzen Fall «Sir Roger Thornton» Silbe für Silbe über den Ozean in die weite Welt.

Schon am nächsten Tage wurde die Quarantäne, als bereits verspätet, wieder aufgehoben.

Aus allen Ländern verkündeten Schreckensbotschaften, daß der «violette Tod» überall fast gleichzeitig ausgebrochen sei und die Erde zu entvölkern drohe. Alles hatte den Kopf verloren, und die zivilisierte Welt glich einem riesigen Ameisenhaufen, in den ein Bauernjunge seine Tabakspfeife gesteckt hat.

In Deutschland brach die Epidemie zuerst in Hamburg aus; Österreich, in dem ja nur Lokalnachrichten gelesen werden, blieb wochenlang verschont.

Der erste Fall in Hamburg war ganz besonders erschütternd. Pastor Stühlken, ein Mann, den das ehrwürdige Alter fast taub gemacht hatte, saß früh am Morgen am Kaffeetisch im Kreise seiner Lieben: Theobald, sein Ältester, mit der langen Studentenpfeife, Jette, die treue Gattin, Minchen, Tinchen, kurz alle, alle. Der greise Vater hatte eben die eingelangte englische Zeitung aufgeschlagen und las den Seinen den Bericht über den «Fall Sir Roger Thornton» vor. Er war kaum über das Wort Ämälän hinausgekommen und wollte sich eben mit einem Schluck Kaffee stärken, als er mit Entsetzen wahrnahm, daß nur noch violette Schleimkegel um ihn herumsaßen. In dem einen stak noch die lange Studentenpfeife.

Alle vierzehn Seelen hatte der Herr zu sich genommen.

Der fromme Greis fiel bewußtlos um.

Eine Woche später war bereits mehr als die Hälfte der Menschheit tot.

Einem deutschen Gelehrten war es vorbehalten, wenigstens etwas Licht in die Vorkommnisse zu bringen. – Der Umstand, daß Taube und Taubstumme von der Epidemie verschont blieben, hatte ihn auf die ganz richtige Idee gebracht, daß es sich hier um ein rein akustisches Phänomen handle. Er hatte in seiner einsamen Studierstube einen langen wissenschaftlichen Vortrag zu Papier gebracht und dessen öffentliche Verlesung mit einigen Schlagworten angekündigt.

Seine Auseinandersetzung bestand ungefähr darin, daß er sich auf einige fast unbekannte indische Religionsschriften berief – die das Hervorbringen von astralen und fluidischen Wirbelstürmen durch das Aussprechen gewisser geheimer Worte und Formeln behandelten – und diese Schilderungen durch die modernsten Erfahrungen auf dem Gebiete der Vibrations- und Strahlentheorie stützte.

Er hielt seinen Vortrag in Berlin und mußte, während er die langen Sätze von seinem Manuskripte ablas, sich eines Sprachrohres bedienen, so enorm war der Zulauf des Publikums.

Die denkwürdige Rede schloß mit den lapidaren Worten: «Gehet zum Ohrenarzt, er soll euch taub machen, und hütet euch vor dem Aussprechen des Wortes ‹Ämälän›.»

Eine Sekunde später waren wohl der Gelehrte und seine Zuhörer nur mehr leblose Schleimkegel, aber das Manuskript blieb zurück, wurde im Laufe der Zeit bekannt und befolgt und bewahrte so die Menschheit vor dem gänzlichen Aussterben.

Einige Dezennien später, man schreibt 1950, bewohnt eine neue taubstumme Generation den Erdball.

Gebräuche und Sitten anders, Rang und Besitz verschoben. – Ein Ohrenarzt regiert die Welt. – Notenschriften zu den alchimistischen Rezepten des Mittelalters geworfen – Mozart, Beethoven, Wagner der Lächerlichkeit verfallen, wie weiland Albertus Magnus und Bombastus Paracelsus.

In den Folterkammern der Museen fletscht hie und da ein verstaubtes Klavier die alten Zähne.

*

Nachschrift des Autors: Der verehrte Leser wird gewarnt, das Wort «Ämälän» laut auszusprechen.

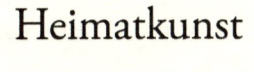

# Heimatkunst

# DAS WILDSCHWEIN VERONIKA

## Ein dreifach geflochtener Kranz, niedergelegt auf dem Altare schlichter Heimatkunst

### I

### Gärungen – Klärungen

Vom Alpensee wehte kühl der Odem des keimenden Morgens, und voll Unruhe irrten die Nebel umher auf den nassen, schlummernden Wiesen.

Kein Auge hatte Veronika, die Gezähmte, geschlossen die ganze Nacht und sich schlaflos hin und her gewälzt auf dem häuslichen Misthaufen. «Der Holzlapp' von Miesbach» von Xaver Hinterstoißer hatten sie drin im Saale gespielt gestern abend, und kein Auge war trocken geblieben, als so der «Pfarrer» dreiviertelstundenlang laut mit sich selber gekämpft.

«Das nenn' ich mir halt wahre Heimatskunst», hatte der fremde Städter mit der krummen Hahnenfeder auf dem Hute, als er – aus dem Gasthause getreten – sich für einen Augenblick an den Misthaufen stellte, laut zu seinem Nebenmann gesagt und dabei voll Inbrunst zum Monde aufgeblickt. «Alles so grundwahr aus dem Volke herausgewachsen. O, Erdgeruch, du mein Erdgeruch. Und haben Sie auch beobachtet, Herr Meier, was für ergreifende Töne dem Oberniedertupferseppl als ‹Großknecht› zur Verfügung standen! Es ist doch kaum zu glauben! Dieser schlichte biedere Bauernsohn!»

«Ja, und gar der prächtige Schnackl-Franz. Dieses urwüchsige Dudludludl, so naiv und doch so innig – gar nicht mehr los werde ich die Weise», hatte der andere freudig zugestimmt. Und dann waren beide wieder hineingegangen.

Dem Schwein Veronika auf seinem erhöhten Lager aber war kein Wort entgangen.

Stunde um Stunde verrann, und kein Schlaf kam mehr in seine Augen.

Der Mond war quer über den Himmel geschlichen; vorsichtig hatte der Misthaufen zuerst auf der linken Seite einen blauschwarzen Schatten herausgebleckt, ihn allmählich wieder eingezogen, dann rechts herausgebleckt – weiter, immer weiter, bis er endlich ganz und gar die Herrschaft über ihn verloren. Und nichts von alldem hatte das Schwein beachtet, wie doch sonst in hellen Nächten. So sehr jagten sich seine Gedanken!

Schon quoll der erregende Hauch des Morgengrauens aus der Erde, brutwarm stank es aus den Bauernhäusern, und immer noch grübelte Veronika. Grübelte und grübelte. Und Erinnerungen aus der Jugendzeit, an Alma, die liebliche Stiefschwester, und die andern – – alle – – alle, wurden wieder neu. Gott, wie war es doch damals nur gewesen?! Richtig, richtig, ja – – – der schöne Mann mit der Ballonmütze aus schwarzer Seide und dem blanken Messer als Hüftzier war eines Tages gekommen und hatte Alma genommen. Und der Papa hatte gesagt: «Es ist ein Theaterdirektor, er hat Alma entdeckt.»

Und die Mama hatte gesagt: «Wegen ihrer rosa Hautfarbe kam er, – sie ist nicht wie ihr; – ach, und so verführerisch konnte halt das Mädchen mit dem Busen wogen. Sie wird bestimmt Koloratursängerin.»

Eine ganze Woche hatten sie dann allesamt auf dem Misthaufen gelegen und rastlos geübt, verführerisch mit dem Busen zu wogen. Wohl war von Zeit zu Zeit, wenn die Kirchweih nahte, der Theaterdirektor mit der Mütze immer wieder gekommen und hatte zur Feier des frommen Festes ein Familienmitglied an den Ohren weggeführt, aber von Alma sprach er nie.

«Soll ich denn auch auf ihn warten?» überlegte Veronika. «Soll ich nicht?»

Unentschlossen zählte sie an ihren zwölf Knöpfen ab: soll ich, soll ich nicht – –

Soll ich nicht! – kam heraus. Da erhob sich Veronika, schüttelte den Tau von den Borsten und blickte in den Himmel. Es gähnte der Morgen, rosenrot barst der junge Tag. Rosenrot. – – Wie Schminke.

Da frohlockte das Schwein ob des günstigen Zeichens. Und suchend blickte es umher.

«Ja, was wär' denn jetzt gar dös?! Ein grünwollenes Futteral liegt da?!»

Schnell biß es vier Stücke davon ab, zog sie über die Waden und setzte den Lampenschirm aufs Haupt, den grasgrünen, den die Wirtin neulich auf den Misthaufen geworfen hatte.

So, und jetzt noch eine Träne: «Lebt wohl, ihr Berge, ihr geliebten Triften, – – – ihr Wiesen, die ich wässerte – –», und im Trab zum Herrn Uhrmacher ging's, die zwölf Knöpfe versilbern lassen. Der machte das recht gern, wenn auch nicht billig, und sagte dabei einums anderemal: «A Pferdsketten mit a paar Pfund Eberzähnt, dös fehlet halt no, und auf 'm Huat den Pinsel fein nöt vergessen!»

Denn er durchschaute des Schweines Pläne.

Dann zottelte Veronika von dannen, nach Norden der Hauptstadt zu.

Die Vöglein pfiffen, es glitzerten die Gräser, und hie und da stank ein Bauernlackel vorüber.

Unendlich rollte sich die Landstraße auf. Dichte Wolken wirbelte Veronika aus dem weißen verdursteten Boden, daß die engbrüstigen Pappeln mit ihren staubigen Blättern so husten mußten. Schon war die Sonne rot wie ein Krebs, und immer noch, in weiter, weiter Ferne, lag der Dunst der Stadt.

Doch emsig trottete Veronika dahin; ihre versilberten Knöpfe klirrten.

Eine vornehme Equipage rollte vorbei; es saß ein feiner Herr darin mit seiner Dame, und als er das Schwein erblickte in Landestracht, da ging ihm das Herz auf. «Grüß' Gott», rief er leutselig, dann schloß er die Augen und gellte mit viereckigem Mund jjjiiijach-hu-hu, so laut er konnte, daß die Pferde erschraken und einen kleinen Hopser machten.

Und zu seiner Dame gebeugt, sprach er bewegt von den Fährnissen der Berge, von dem tosenden Wildbach und – pfiff – paff – der flüchtigen Gemse. «Und riechst du es auch, Cläre? Das ist Scholle. Ackerduft! Und nicht mal gedankt hat das Deandl auf meinen Gruß! Ja, so sind sie alle, diese stolzen unverdorbenen Naturkinder! Treu wie Gold.» – –

– – – – – – – – – – – – – – – – – – – – – – –

## Der Wurf gelingt

Nacht war's, halb zehn, fahl wie ein Knochen stierte der Mond vom Himmel, da buchstabierte Veronika die Theaterzettel an der Ecke, und mißtrauisch sah ein Schutzmann von weitem zu.

Wilhelm Tell (in volkstümlicher Bearbeitung),
D' Schmalzler Vroni (Hinterstoißer Zyklus),
Linzerische Bua'm,
Hüu-a-oa-hoahüa (Mundart),
Auf der Alm da gibt's koa Sünd',
Antonius und Cleopatra auf dem Dorfe

Das Wildschwein nickte befriedigt.

Dann tat es plötzlich einen furchtbaren Satz, warf den Schutzmann um, raste durch die Straßen und zur Seitentüre ins Theater hinein, durch lange Gänge kreuz und quer, trampelte den neuen Pappendeckel-Fafner kaputt, und fuhr dem Tenoristen Herrn Povidlsohn zwischen den Beinen durch, gerade als er hinter der Szene sang:

«Mit dem Feil, dem Boochen
durch Gebürch und Dahl
kommt der Schütz gezoochen
frühüh, am Mohorgenstrahl.»

Der Vorhang war soeben in die Höhe gerauscht, hinter einem Leinwandfelsen kniete Wilhelm Tell, und das Publikum wartete gespannt auf einige Verse von ihm, ehe er aus dem Hinterhalt auf den ahnungslosen österreichischen Beamten abdrücken werde.

Da sprang das Schwein wie der Blitz auf die Bühne.

Und erst langsam, dann schneller, immer schneller vollführte es ein idiotisches Getrappel auf den Brettern.

Hie und da quiekte es schrill dazwischen.

Wilhelm Tell war geflüchtet und hatte sich laut weinend hinter die Kulissen verkrochen. Den Souffleur hatte der Schlag getroffen. Nur im Publikum rührte sich nichts.

Minutenlang kam kein Laut aus dem schwarzen gähnenden Rachen des Zuschauerraums.

Dann aber brach es los wie ein Erdbeben.

«Allppenkunscht, Allppenkunscht, der Dichchter ischt sichcherlichch ous der Schwiez gsi», röchelte ein schweizer Kritiker ohne Hemdkragen.

Rechtschaffene Männer mit Hirschhornknöpfen wuchsen aus dem Boden, hinter wallenden Bärten, die blauen treu-dreieckigen Augen mit deutscher Biederkeit gefüllt.

Im Stehparterre war eine Druse pechschwarz gekleideter Oberlehrer aufgeschossen, und aus ihrer Mitte stieg ein hohler Ton ekstatisch zum Himmel an: «Anz Pfaderland, anz dojre, schlüs düch an.» Es war da des Patriotismus kein Ende mehr! Und der einzige Oskar-Wilde- und Maeterlinck-Verehrer der Stadt, ein degenerierter Zugereister, hielt sich zitternd in der Toilette verborgen.

Veronika war ein gemachtes Schwein von Stund an. Immer wieder mußte es den famosen Schuhplattler wiederholen und Arm in Arm mit dem Herrn Regisseur unzählige Male vor der Rampe erscheinen.

Das Stück konnte gar nicht zu Ende gespielt werden, – Geßler blieb unerschossen zum großen Ärger der anwesenden Schweizer – und in den Korridoren noch wollte sich die Begeisterung nicht legen. Und fast wäre es zu Tätlichkeiten gekommen, als der Herr Charcutier Schoißengeyer aus Linz es wagte, mitten in den allgemeinen Enthusiasmus hinein bedenklich den Kopf zu schütteln und sich zu den Worten: «I woaß nöt, i glaub halt allaweil, 's is a Sau», hinreißen zu lassen.

- - - - - - - - - - - - - - - - - - - - - - - - - - - - - -

Veronikas Ruhm wuchs von Tag zu Tag. Ein «Veronikatheater» wurde gegründet, und Schliersee, Bayerns berühmte Jodlquelle, als mutmaßlicher Geburtsort der Künstlerin, war in aller Munde. Kein Stück dürfe mehr die Zensur passieren, wenn es nicht mindestens 500 Meter über dem Meeresspiegel spielte, gellte der Schrei der Zeit.

An alle Fürstenhöfe drang die frohe Kunde, schon wieder sei die deutsche bodenständige Kunst auferstanden; – und selbst die scheue norddeutsche Herzogin Meta wurde aufmerksam und ließ sich berichten.

«Ach, lieber Graf», so sagte eines Tages die hohe Frau, «wie heißt doch nur das neue urwüchsige Bauerndrama, das so allgemein gefällt? Der – – der – – Seppell –, ach, es war ja aber noch ’ne Bezeichnung oder ein Vorname bei, der – – der – –»

«Es läßt sich nur unzulänglich ins Hochdeutsche übersetzen, Hoheit», hatte da errötend der Zeremoniemeister erwidert. «Der äh, der äh, der – ‹Fäkalien-Joseph›, das käme dem Sinne noch am nächsten. Ein neu aufgefundenes Fragment», fuhr er dann hastig fort, um das Peinliche des Eindrucks zu verwischen, «ein Fragment aus dem Nachlasse des leider allzu früh verewigten Volksdichters Hinterstoißer, voll packenden Realismusses und so ganz mitten aus dem pulsierenden Leben des Volkes geschöpft. Wie denn überhaupt Xaver Hinterstoißer es wie kein zweiter verstand, sich an die Natur anzulehnen. Ja, wahrlich, wahrlich: *natura artis magistra.*»

Und da hatte die hohe Frau neugierige Augen gemacht und sogleich die Reise nach Süddeutschland angeordnet, um nicht die letzte zu sein.

3

Stilles Glück

Wer kennt nicht Frau Veronika Schoißengeyers niedliches Landhaus draußen ganz ganz am Ende der Vorstadt! Mit spiegelnden, fröhlichen Fensterlein guckt es gar schelmisch über die Flur, wenn Frau Sonne gütig herniederlacht.

Frau Veronika Schoißengeyers Villa.

Ja, staune du nur, schöne Leserin! Frau Veronika Schoißengeyers Villa. Denn kaum ein paar Jährlein, oder so, waren ins Land gegangen, seit wir Zeugen von Veronikas Triumphen gewesen, als die Künstlerin dem wackern Charcutier errötend zum Altare folgte. Ja, ja, und du, lieber Leser, hättest es wohl auch nicht vermutet! Ja, ja, demselbigen Charcutier Schoißengeyer, der damals die unbedachte Äußerung tat.

Und was ihn betrifft, selbst heute noch, wenn der Wackere, – beut das Kirchweihfest frischfröhliche Lustbarkeit, – ein wenig zu tief in das Krüglein geguckt, kannst du ihn plötzlich ein gar ernsthaft Gesicht machen sehen, und hast du ein scharfes Ohr, werden dir auch gewiß seine gemurmelten Worte nicht entgehen: Ich woaß nöt, i glaub halt allaweil, 's is a Sau!

Doch du und ich, wir beide, wissen nur zu gut, was er damit meint. Daß es nur Reminiszenzen sein können an jenen Abend, da sich Veronika in aller Herzen sang und tanzte. Ein erkleckliches Sümmchen war es, das das heute so rundliche, aber immer noch so resolute Frauchen so ganz still und ohne viel Aufhebens durch ihre Kunst erworben hatte, ehe es den Brettern, die die Welt und – leider muß es gesagt sein – nicht immer die des Herzensreinen bedeuten, für immer Valet sagte, und von dessen Zinsen, nicht zu vergessen dessen, was der zielbewußte Gatte vordem durch nimmerrastender Hände Arbeit geschaffen, das Paar nun einträglich schaltete und waltete.

Und willst du jetzt, geneigte Leserin, Zeugin sein eines stillzufriedenen Glückes, – komm, folge mir in das behagliche Stübchen, wo Vater Schoißengeyer von des Tages Unrast und Mühsal verschnaufend, an dem grünen Kachelofen sitzend, der derben Stiefel entledigt, in den stets weißen blitzsaubern Socken die fleißigen Füße – die von treubesorgt emsigem Auf- und Niedergang in dem schmucken Anwesen so ermüdeten – Erquickung atmen läßt.

Frau Veronika, wie immer in der geliebten Tracht ihrer Heimat, wehrt den übermütigen Rangen, die, zwölf an der Zahl, bei der stämmigen Gestalt ihres Erzeugers doch alle der Mutter wie aus dem Gesicht geschnitten, sie jauchzend umdrängen. Gestehet, ist das nicht ein entzückendes Bild?! Ein erhebendes Symbol wahren dauernden Glückes zweier, die mit klarer Besonnenheit ihren gegenseitigen schlichten Wert erkannten und jedem Tande abhold, stets ihrem Stande, ihrem Stamme treu geblieben waren. Die nie zu hoch hinaus gewollt ins Unreale und flugs zugegriffen, wenn es galt, ehrlichen irdischen Vorteil beim Schopfe zu fassen. O, könnte sich unser Auge, wohin es in der Welt auch blicke, doch stets an solch inniger Vollkommenheit erlaben!

Doch jetzt geht das Öl der Lampe zur Neige, und alles sucht die schwellende Lagerstätte auf.

Nur Frau Veronika bleibt noch ein Weilchen und gedenkt im stillen der bewegten Vergangenheit, der nahen und doch, ach, so fernen.

Wie ihr guter Mann verlegen die Ballonmütze in den Händen gedreht, damals, und sie ihm ohne viel Federlesens um den Hals gefallen war. Und der Ärger des verschmähten Freiers, jenes windigen Gecken, dem es ja doch nur um ihr Geld zu tun gewesen.

Und dann die Hochzeit! Die Hochzeit in Linz, der Vaterstadt ihres Schoißengeyer – –!!

> «Brock' mer uns a Sträuß-la,
> Steck' mer's uns aufs Hüat-la.
> So san mir Landsleut',
> Linzerische Bua'm – –»

Frau Veronika wiegte summend das Köpfchen, und ihre Augen wurden feucht.

Wiederum, als sei es eben erst gewesen, sah sie im Geiste die Deputation des oberösterreichischen Dichterbundes feierlich auf sich zuschreiten und ihr die Ehrengabe überreichen, einen breiten, wunderschönen roten «Andreas-Hofer»-Gürtel und dazu, – wie der Sprecher schelmisch hervorhob, für ihren künftigen Erstgeborenen einen prachtvollen künstlichen Kropf aus fleischfarbenem Leder zum Umschnallen, falls ihn dereinst die Zünfte zum Abgeordneten für die Alpenländer wählen sollten. Rasch sich in die Lage findend, hatte Veronika damals in schmuckloser Einfachheit das «Zu Mantua in Banden» vorgetragen, und als sie mit dem herzzerreißenden Wehruf:

> «Franzosen, ach, wie schießt ihr schlecht»

schloß, da wischten sich die bärtigen Männer mit den rauhen Handrücken über die Augen.

Es ging ein Schluchz durch Österreichs Gaue!

Selig lächelte Frau Veronika vor sich hin. Dann sehnte auch sie sich nach der labenden Ruhe des Schlummers an der Seite des geliebten Gatten –

«Sie nimmt das Licht und geht zu Bett
Und spricht: der Abend war so nett.»

– – – – – – – – – – – – – – – – – – – – – – – – – – – –

## Schlußgesang

Und wir? Lasset uns kommen zu Hauf allesamt und dem Wildschwein Veronika ein treulich Andenken bewahren auch fürder. Und drohe auch welsche Art wie nächtlich grimmer Wolf unsere Hürde zu beschleichen, die tückischen Krallen zu wetzen nach dem Hort teutscher Kunst, – nein, Herz, sei unverzagt, nimmermehr sollen sie es uns entfremden – die Pierre Lotis, die Oskar Wildes und Maeterlincke, die Strindberge, Wedekinde und der grämliche Ibsen und wie sie alle heißen mögen, diese ausgestoßenen Stiefkinder bodenständiger unverfälschter Fabulierkunst, – nimmermehr entfremden das holde, innigschlichte Bild

unserer, unserer, unserer Veronika.
Das walte Gott!

# DAS BUCH HIOPP

oder
wie das Buch Hiob ausgefallen wäre,
wenn es Pastor Frenssen und nicht Luther
übersetzt hätte.

## I
Heute nu, meine Seele du, mußt de ma üwasetzen.

## II
Wohlßtand des frommen Hiopp

Nu paßt ma auf, ihr.

Lebte da ma 'n Mann recht schlecht, der hieß Hiopp und wohnte im Lande Uz – – – (N' komischen Name, nöch?)

Und der mied allens Böse wie ein ächten Pastohr.

War doch Hirte oder Pastohr. Is ja dasselbe.

Und zeugte sieben Söhne und drei Töchter.

Der älteste von den sieben das war ein Bangbüx, der zweite aber dej war duckerich und ein wetterwendschen Bengel und der dritte, achott, der Muttersohn – – – Awa das gehört jetzt allens nich hieher.

Wollen ma ßpäter tühnen von, – nöch?

Also Hiopp zeugte sieben Söhne und drei Töchter und sein Beßtreben war, nu ma eben noch sieben Töchter und drei Söhne zu zeugen. – – War ein tüchtigen Pastohr eben.

Hätte zusammen zwanzig ergeben, aber Jehova wollte es nich haben.

Denn hatte hej außerdem noch fumpfzichtausend Kamele, die hätten nu bei Hagenbeck sicher sonn Stück zehn Millionen Reichsmaak gekostet.

Er war ein auserwählten Knecht Gottes und hatte n' Mal op n' Buuk, das war groß und rot wie ein Reichsdahler, und denn hatte er seine Frau, ne ungeheuer runde Frau, allens war rund an ihr.

Eines Tages nu, der Tach war helle und ßteil, ßtückte er man eben gerade früh und schob seine Tasse hart torüch, da hieß es mit eins, Quittjes aus Chaldäa sind gekommen und haben drei Rotten gemacht und die Kamele wechgetrieben.

Quatsch, tühn man nich, saachte Hiopp da und wollte es nich glauben.

Denn awa kam seine Frau und beßteetichte es.

Gotte doch, Hiopp, hatte sie gesaacht und an ihren Tränen gewischt.

Hiopp aber hatte nischt gesaacht.

Nur so vor sich hin gewunderwerkt hatte er. Und sein schweren Kopf zur Seite geleecht hatte er.

Ja, das hatte er.

Er truch es eben ßtattlich wie Königskleid!

Das allens war nu so gekomm': Im Text heißt es, Sahtahn hätte von Gott die Erlaubnis gekriecht, Hioppen heimzusuchen und wäre denn auch mit eins mit einem Arm wie der Wind in fünf Schornßteine gefahren.

Is natürlich allens Quatsch. Sahtahn gibt's doch gar keinen, und für Hiopp war es eben nich möchlich gewesen, sich zu damaligen Zeit gegen Einbruch zu vasichern.

Sind eben noch die dollen Zeiten gewesen, wo's norddeutschen Drill noch nich gab.

Und denn neigen nu überhaupt die Südländer in einsenfort gerne zu die phantastische Annahme von Sahtahn. Wenn sonn Südländer nu man eben bloß zur Welt kommt, is er all halbwegens knülle.

Kam da nu wieder mit eins sonn dolles Malöhr.

Schluch das Haus, als alle seine Söhne in waren, längelang hin und begrub se alle.

Hiopp war nämlich arch unkluch gewesen und seine Häuser waren alle an die Ecke von der Wüste gebaut gewesen und denn war ne arch dolle Böö gewesen und hatte allens umgeprustet.

Bei uns in die Freien- und Hanse-ßteedte Hamburch und Lübeek wäre so was man nich möchlich gewesen, da sorcht die Baubehörde gegen.

Nur n' Fahl war übrich nu. – Ein einzigen staakichen Fahl.

Haben auch sonn Fahl die reichen Rheeders Gebrüder Deependorf im Kneesebeekschen Garten in Winterhude bei Hamburch – Nöch? Ssteht heute noch!

Als es sich nu begeben hatte, daß Hiopp von dem Boten diese Hiobsbotschaft gehört hatte, riß er an seinen Augen und saachte:

Dittmal lüggt hej, Gott sei Dank, dittmal lüggt hej.

Und ßpuckte leise und trocken.

Der Hiobsbote awa hatte nich gelogen!

Das ging nu Hiopp übern Sspaaß und hej schlenkerte mit die weiten Beinkleider und booch die großen Zehen nach unten, daß der liebe Gott angst und bange wurde.

Kiek nu ma[1], hatte Sahtahn gesaacht, – hett Beene wie Uhlanenlanzen, Gitt i Gitt! – Wer hat dies hochßtrebende Wesen?

Hol dien Muul, Düwel, hatte Jehova da gesaacht, kann auch von komm', daß hej von königlichen Geblüte is.

Hiopp awa war arch ßtöckrich und raufte seine Haare.

Und zu seine Frau saachte er: is doll, nu könnwa von vorne beginn'.

– – – – – – – – – – – – – – – – – – – – – – – – – – – – – –


## III
Hiopp von Sahtahn weiter verklaacht, denn von seine Gattin gekränkt und denn von drei Freunden besucht. – Na!

Als nu Sahtahn sah, daß allens nich half, ballerte er immer los auf Hiopp los, – immerlos und saachte zu sich: dej sull dat verßpeelen!

Er meinte damit die guten Schangsen, die Hiopp als Knecht bei Gott hatte.

Und Hiopp bekam da mit eins ne Schweinsbeule an der Fußsohle von. – – 's war arch doll.

So unkluch waren damals die Leute, daß se nich wußten, daß ne Schweinsbeule doch von sowas nich kommen könne.

----

1 Kiek nu ma ist reines Deutsch, nicht etwa japanisch. Es klingt nur ähnlich wie das japanische Ko-Ko-ro. Ko-ko-ro: – – Kiek-nu-ma.

Sahtahn gibt's nich, und denn hätte der liebe Gott es auch nich erlaubt.

Es war man ne ganz einfache Bazillengeschichte.

Und nu nahm noch der Unglücksmensch ne Scherbe – so heißt es im Urtext – und schabte sich mit. – Doll! – Nöch?

Und setzte sich denn in Asche und sah den Kippelgang hinunter, der nach die Bake führte.

Mit ein büschen Borwassline oder ne saure Flaume auf, wie se se in Itzehoe verkaufen, wär' es man n leichtes gewesen gegen die Schweinsbeule.

So awa war's Ende von wech und kam da mit eins Schweinsbeule auf Schweinsbeule.

Wenn er wenichstens da nu was getan hätte gegen. – Oder n' Arzt zugezogen.

Als die Schweinsbeulen all bis auf den Scheitel kamen, war er ganz bedeckt mit.

Seine Gattin aber saachte, er hat eine Hornhaut und fühlt sich nicht menschlich an.

Und denn saachte sie: Na, na, laß man, kannst es gerne wissen, und daß sein wüstes Jugendleben doch wohl schuld an sein müsse, und: is ja nich zu leugnen, saachte sie.

Und denn saachte se noch: Minsch, ßtell dich man nich an, um allens in die Welt, ßtell dich nich an!

Da saß nu Hiopp mit sein blasses Kleistergesicht, und seine Augen waren wie von schmutzigem Glaß.

Wie nu die dolle Geschichte von Hiopps Ausschlachch im Lande Uz ruchbar wurde, kamen mit eins seine Freunde an und hatten dat Muul voll Snack.

Eliphas von Theman, Bildad von Suah. Und Zophar von Naema, der dicke Butt; – wer kennt ihn? Er war von ßtraffe Fülle.

Gab ein arch Quäsen da.

Erst hatten sie ein schwächlich Feuerlein gelegt und denn hatten sie um die Flamme geßprungen und denn ging eine leise Verschiebung in ihnen vor und sie setzten sich zu Hiopp auch in Asche sieben Tage und sieben Nächte.

War auch wieder n gar zwecklos Beginnen und hätte leicht zu ne allgemeine Anßteckung führen können. – – – – – – – –

# IV
## Hiopps Klagen

Was nu kommt, is man bloß n' schrecklich Gejaule.

Hiopp brummelte vor sich hin, daß er man bloß noch n' Haus ohne Scherwände sei und habe; gewissermaßen.

Es sei viel besser gewesen, saachte er, man hätte ihn gar nich geboren!

Sonn Quatsch!

Er konnte eben nich einsehen, daß allens das ganz natürliche Dinge seien, die selbst heutzutache bei unsere ßtramme und vorgeschrittne Kultur noch vorkommen können.

Na, und das mit de Schweinsbeulen? – Achott wer scheuert sich nu man bloß auch mit ne olle muddige Scherbel!?

Ein fixen plattdütschen Jung von die Woterkant hätte sich eben gesaacht: secker is secker und wat sien möt, möt sien und hätte denn gleich anfangs herzhaft in ne Balje mit Seifenwasser geßprungen. Nöch?

Awa, saach es ja, Hiopp war zu unkluch und zeichte nich die Sspur von die Gabe des Regierens.

Die Südländer sind n' gutes, awa n' schlappes Volk.

Und sind faul. – – – – –

– – – – – – – – – – – – – – – – – – – – – – – – – –


# V
## Eliphas, Bildad und Zophars Reden
## und Hiopps Gegenreden

Na, die drei Onkels hatten grade noch gefehlt.

Wird da nu getühnt und gequäst immer los Taach und Nacht.

Immerlos fraachten se sich, ob es Gott so gewollt habe oder nich so gewollt habe.

Und der eine war schwach und der andere hatte n' Grützgesicht. – Für gewöhnlich so scheu, wie n Junghase, aber plötzlich, ehe man sich's versieht, wird er groß und wild und schlägt hinten und vorn aus und ist ein Protz und hat das ganze Paradies zu vergeben.

Saachte's doch: Döösköppe!

Schade nur, daß nich Pastor Rohde aus Eimsbüttel mit bei war. – Hätte ne heiße Predicht gegeben da.

Saage nu man ein einzigen Mensch, um allens in die Welt, was hat der liebe Gott mit Hiopps Krankheit zu schaffen!

Bildad aus Suah, das lange Rekel, na, bei dem war nu's Ende von wech.

Fuhr ßteil auf zuweilen und kukte mit ßpiegelnden Augen nach Eliphas von Theman oder plinkte nach dem ßtattlichen Zophar und ßprach denn um so lauter und fiel denn wieder in ein tiefen Flüsterton, so wie ein Junge von oben herab in ein tiefen Sstrohhaufen fällt.

Und Hiopp krümmte sich, als hett hej Lievweh hatt, und saß immerlos da, mit n' Stert in die olle Asche, die Hände in die Büxen vergraben und booch die großen Zehen nach unten.

Ach was, saachte er denn, ach was!

Und denn dachte er innerlich: wenn sie nu man bloß eben nich immertau quäsen wollten.

Und denn dachte er noch von Bildad von Suah:

Du? Du kannst mich in Mondschein begegnen. –

Ja, ja, es war in ihm ein unruhich Verwundern und Verbittern gekommen. – –


# VI
## Elihus Rede

Als se nu keiner mehr was zu sagen hatten, da ßtand mit eins Elihu auf, ein jungen Schlaaks, und der war bannich ßtolz auf, der Sohn Baracheels von Bus aus dem Geschlechte Rams zu sein.

So ßtolz, als ob er mit Makler Klempkes von die alte Fuhlentwiete verwandt sei oder ne geborene Söötbier zur Mutter hätte.

Ja, is n gar hochfahrend Volk, die Rams.

Dabei war Elihu sonne Art Nestküken unter den Weisen.

Und hatte ein lappich gedunsen Grützgesicht und ne Puffschnute. – – Tja, das habense alle die Baracheels.

Awa schwiech nich. – Gotte doch!

Hiopp saachte er, Minsch! Junge! loot dat sien und schweich ßtill. Ich maach den Quatsch nich mehr hören. Jehova tut man doch, was er will. Du saachst immerlos, du büß nich schuld an, awa ich sage dich, jeder is schuld an. Thün morgen mehr und allens das is nich wahr, das prahlst du alles.

Du hattest sieben lütte Butjes to Huus und drei Deerns. Du erinnerst! Soite Deerns. Und nu? Alle sind se wech. – – Ja, ja, is ja arch doll, awa was kannste machen gegen?»

Und denn wies er auf n' Gewitter hin, das in Lee aufzog und auf den Donner und Blitz, der bannich knatterte.

Das is allens Jehovas persönliche Sstimme, saachte er denn, und machte se alle bange.

Und denn biß sich Hiopp auf die Lippe und schwiech verbaast.

War ja nu für die damaligen Zeiten und für ein Südländer ein recht fixen Jung, dieser Elihu, awa in Naturgeschichte nich auf n' Damm und arch in Awaglauben versunken, gewissermaßen.

Was der Donner is, lernen in Hamburch die lütten Gören in die Domschule beim Glockengießerwall und sonn langen Schlaaks dachte, er sei die Sstimme Gottes! – Doll! Nöch?

War üwahaupt n Fatalist, dieser Elihu.

## VII
### Die Wunder der Tierwelt

Kiek ma: den Behemoth! Ißt Graß wie n' Ochse und is bannich ßtaark in den Lenden und liecht im Schatten, wenn Sonne scheint. So ßteht es wörtlich im Urtext und is auch richtig so, denn der Behemoth is ein Nilpferd.

Was awa denn außer dem über ßteht, is wieder ma ne komische südländische Üwatreibung.

Wie wir's neulich wieder ma gelesen haben, als wir bei Pastohr Stühlken zu Vesperbrot waren, achott, was haaben wir gelacht!

«Die Sehnen seiner Schenkel sind dicht geflochten.
Siehe er schluckt in sich den Strom,
und achtet's nicht groß.

Läßt sich dünken,
Er wolle den Jordan mit seinem Munde ausschöpfen.»

heißt es in der ersten deutschen Übersetzung.
Und denn is noch ne dolle Beschreibung da vom Leviahthahn.
Der Leviahthahn is natürlich n' Krohkohdill.
Da ßtellen se die Frage, ob man den Leviahthahn mit ne Angel
fangen kann!
Ein Krohkohdill mit ne Angel!
Achott, was haaben wir gelacht!
Und denn ßteht noch in die Übersetzung:

«Sein Herz ist so hart wie Stein.
Und so fest
Wie ein unterer Mühlstein!
Aus seinem Munde gehen Flammen.
Auf seinem Halse wohnt die Stärke.
Und vor ihm her hüpfet die Angst.»

Na, ja, is ja korrekt, awa so gar nich ein büschen Poesie in. – Nöch? –
Schade um! – Wie konnte doch nu sonne Üwasetzung die große
Auflage erleben!?
Und denn hat ein Krohkohdill gar nich sonn festes Herz.
Scheint unter den Juden sonne Art Schreckpopanz gewesen zu sein
für Gören.
So ähnlich wie Lebertran!
Lewerthrahn = Leviahthahn! – Klingt bannich ähnlich. –
Nöch? Wollen ma eben an die «deutsche Bibelforschung» berich-
ten über.

– – – – – – – – – – – – – – – – – – – – –

## VIII
### Hiopp mehr gesegnet denn zuvor

Ach Pappe, dachte's doch gleich, die Sache mit den Schweinsbeulen
war bei Hiopp gar nich so schlimm gewesen.

Hörten nu mit eins auf und da heißt es denn, Jehova habe mit Hioppen geßprochen und gesaacht, daß er nu man eben bloß endlich auf zu quäsen hören solle.

Und denn hatte Hiopp die Kehle verengt und ßtille geschwiegen.

Is natürlich nu wieder bannich doll, der liebe Gott wird doch nich wegen ne Schweinsbeule mit ein Menschen persönlich ßprechen.

Und denn hören Schweinsbeulen all von selbst auf. Is ne ganz periodische Krankheit, hat unser Hausarzt erst neulich wieder gesaacht, nur soll se immer wieda komm. – – Saachte er.

Mit eins war nu Hiopp wieder auf 'n Damm und bekam von seinen Verwandten zweimal fumpfzichtausend Kamele.

Und denn hatte er mit eins wieder sieben Söhne und drei Töchter.

Seine Gattin hatte da nämlich inzwischen gesorcht für.

Die Deerns hießen Jemima, Kezia und Keren-Happuch.

Keren-Happuch is ja nu ma wieder ein ganz aufdringlichen Namen, heiratete ßpäter aber doch ein reichen Makler.

Hatte ein schön weichen wiegenden Gang; – Keren-Happuch!

Und Hiopp soll denn noch hundertfumpfzich Jahre gelebt haben.

Na! – Wird wohl ein andern Hiopp gewesen sein.

# JÖRN UHL

St sprich (s-prich) wie S-t
und mach die Schnauze süß und lieblich.

Jörn Uhl war lang, hatte die Augen enge stehend und strohblondes Haar. –

Er war ein Obotrit seiner Abstammung nach, – möglich auch, daß er ein Kaschube war, – jedenfalls war er ein Norddeutscher.

Er lebte abgeschlossen, stand früh vor Sonnenaufgang mit den Hühnern auf und wusch sich dann immer in einer Balje, während seine Brüder noch in den Federn lagen. –

Mach dich nützlich, war sein Wahlspruch, und wenn Sonnabend abends die alte Magd Dorchen Mahnke mit Gretchen Klempke am Gesindetisch saß und tühnte, – ach, da schnackte er nu nie mit. –

Er war so abgeschlossen und gänzlich verschieden von seinen Geschwistern.

Und das kam wohl daher, weil seine Mutter, als sie ihn zeugte, an etwas ganz anderes gedacht hatte. –

«Tühnen – nein», – sagte er sich, biß die Zähne zusammen und ging hinaus in die Abendluft. – –

Er war ein Uhl!!

Dahinten – weit am Himmel lag das letzte träumende Gelb, schwere Nachtwolken darüber, daß die Sterne nich hervorkonnten. Und dichte Nebelschleier zogen langsam über die Heide. – –

Da kam ein dunklen Schatten mit etwas Blitzendem über der Schulter auf das Haus zu. – War Fiete Krey, der so spät noch von Felde kam. Ein paar Schritte von ihm weg Lisbeth Sootje, das Süßchen; – und sie trippelte auf Jörn zu und bot ihm die kleine Hand.

«'n Tachch, Jörn», sagte sie so fein zu ihm, als er ihre Hand hielt. – «Ich komme nu man eben ein büschen snaken, – is Dorchen in? – Sieh ma, ich hab mich ein Strickstrumpf mitgebracht, – ach, nu hat sich das Strickzeug verheddert. Laß nachch», und: «muß mal klar kriegen», sagte sie denn, um sich von ihm loszumachen. –

Jörn kuckte ihr auf das blonde Köpfchen. –

Heintüüt, wollte er zu ihr sagen, Heintüüt; aber er sagte es nicht, er dachte es bloß, – er war ein Uhl! –

Noch oft später im Leben mußte er daran denken, daß er ihr damals nicht Heintüüt gesagt hatte, und auch sie dachte später oft daran zurück, wie sich ihr Strickzeug vertüdert hatte. –

So läßt es Gott oft anders geschehen, als wir hier auf Erden uns vornehmen. –

Jörn strich noch durch die Wiesen, und es laach so kühl in die Luft. –

Von weitem drangen über die Felder die Weisen der Spielleute aus der Schenke, bald leise, leise, – bald übermäßig deutlich, – wie es der Abendwind herüber trug. –

Als es an zu regnen fing, lenkte er seine Schritte dem Hofe zu. –

Es war schon so finster geworden, daß man es kaum über den Weg springen sah, wenn ein Pagütz mang das Gras hüpfte. –

Jörn legte seine Kappe ab, als er an den Gesindetisch trat. –

«Hast dein Strickzeug all klar gekriecht?» sagte er zu Lisbeth. – –

«Hab' es klar gekriecht», nickte sie. –

«Hest du all 'n Swohn sihn, dej mit 'n Buuk opn koolen Woter swemm», fragte da Pieter Uhl, sein Bruder, und tat vertraulich zu Gretchen Klempke. –

«Ich geh' nu man nach oben», sagte Jörn verdrossen, der solche Redensarten nicht leiden mochte. – «Schlaf süß, Lisbeth!» –

«Schlaf süß, Jörn!» – – – – – – – – – – – – – –

«Baller man jüü», rief ihm sein Bruder nach.

– – – – – – – – – – – – – – – – – – – – – – – –

«Ja-nu-man»[1] – – – seufzte Dorchen Mahnke, denn sie war hellsehend.

– – – – – – – – – – – – – – – – – – – – – – – –

Jörn Uhl war nach oben gegangen – in sein Zimmer, – reinichte sein Beinkleid, denn er war arg in Mudd gesackt, und aß noch ein

---

1 «Ja-nu-man» nicht zu verwechseln mit Hanuman – der Affenkönig – brahminische Götterfigur.

büschen Buchweizengrütze mit Sahne, die er von Mittag her in ein Topf getan und hinter dem Ofen verstochen hatte. –

«Schmeckt schön», sagte er.

Denn nahm er einen Foil und machte reine. –

Bis allens wieder blitzeblank gescheuert war, nahm er ein Buch vor, das ihm Fiete Krey mal von Hamburg mitgebracht hatte, wo gerade Dom war. –

«Ach, das is es ja nich», sagte er. – «Es is wohl Claudius, der Wandsbecker Bote: – ‹lieber Mond, du gehst so stille› – der ruht nu man schon lange draußen in Ottensen.» –

Denn nahm er ein ander Buch aus dem Spinde und trat für einen kleinen Augenblick an das Vogelbauer, das vor dem Fenster hing. –

«Bist ein klein süßer Finke», sagte er, «tüüt – tüüt.» – – Das Vögelchen hatte sein Köpfchen aus den Flügeln gezogen und sah nu ganz starr und erschrocken ins Lichte. – – Dann klappte er finster die Luke zu, – von drüben her aus Krögers Destillation tönte das trunkene Gegröhle der wüsten Gesellen beim Bechersturz, – und setzte sich in Urahns geschnitzten Stuhl. – – – – – War auch so'n altes Stück! – Mit steife Lehne, und da, wo die Farbe wechgetan war, kuckte nu das schöne Schnitzwerk durch. –

«Clawes Uhl anno domini 1675» stand darüber.

Ja, die Uhlen waren ein erbgesessen Geschlecht, knorrig und hahnebüchen! –

Wie Großmutter Jörn zum Manne nahm, – Jörns Großvater hieß auch Jörn – da wollte sie lange nicht ja und Amen sagen. – Achott.

Sie war eine stolze Deern gewesen, und verschlossen war sie – verschlossen, – hatte Kreyenblut in den Adern; und noch als sie eine Göhre war und zu Schule ging zu Pastor Lorenzen, sprach sie selten ein Wort und spielte nie mit den andern Göhren. –

Hatte klein harte Fäuste und rotes Haar, – die lüttje Deern. –

«Ich tanze nich mit dich», hatte sie zu ihrem Bräutigam gesagt, «im Tanze liegt etwas Sündhaftes in», und hatte sich wech von ihm gebogen.

Denn hatte sie noch ein «Rundstück – warm» – mit Tunke gegessen und war allein hinausgefahren mit ihren Pferden über die dämmerfrische Heide. –

«Weshalb ich ihn nur nicht liebe», wiederholte sie sich immer wieder beim Fahren.

Denn hielt sie plötzlich an. – Ein Junge badete dort, nackend, ganz nackend, – sie sah sich ihn lange an, und er bemerkte es nicht. – Da fühlte sie, wie etwas in ihre keusche Seele drang: – – daß alles in die Natua zur Liebe geschaffen war. –

Jetzt wußte sie es, sie hatte es deutlich gesehen. –

Jetzt wußte sie auch, daß sie Jörn liebe, aus ganzer Seele liebe. –

Keusch natürlich. –

Da war Jörn leise an ihren Wagen getreten – er war ihr nachgegangen – und hinten aufgesessen. – «Wat kiekst du so», hatte er gesacht. –

Der Knabe aber verstach sich.

Ihr war ganz sladderig geworden. – «Mien Uhl», hatte sie gesacht, denn waren sie zu zweit weiter gefahren. – –

So kam es, daß Großvater Uhl eine Krey zum Weibe nahm. –

– – – – – – – – – – – – – – – – – – – – – – – – – – – – –

Wir hatten Jörn verlassen, als er Buchweizengrütze mit Jus aß und ein Buch vorgenommen hatte. –

Es war: «Fietze Faatz, der Mettenkönig» von Pastor Thietgen und hatte eine Auflage, – sooo groß! –

In Hamburch las es jeder, es hieß sogar, daß es demnächst aus dem Frenssenschen ins Deutsche übersetzt werden solle. Jörn Uhl las und las. –

Es handelte davon, wie Fietze Faatz noch drei Jahre alt war, ein kleinen Buttje, – wie er immerzu lernen wollte, – immerzu! – – – und mit Nestküken, seinem Schwesterlein, die ein klein niedliches Göhr war – in der Twiete spielte und im Fleet Sticklegrintjes fing. –

Wie er denn nach Schule sollte und nich lateinisch konnte. –

Wie Senator Stühlkens lütt Jettchen im Grünen Koppeister schoß und sie von einem Quittje und einer lüderlichen Deern das Lied lernten:

«Op de Brüch, do steit
en ohlen Kerl un fleit,
un Mareiken Popp
grölt jem dol
dat Signol:
Du kumm man eben ropp»,

und wie Vater da so böse über war. –

Jörn Uhl las und las; – daß Fietze Faatz 10 Jahre wurde, und 10½, und 10¾, und 11 Jahre, und Jettchen Stühlken immer Schritt mit ihm im Alter hielt und keines das andere darin überflügeln konnte, – daß Fietze Faatz von Tag zu Tag ernster zusah, wenn Jettchen Koppeister schoß, bis sie endlich längere Kleider erhielt.

Jörn Uhl las die ganze Nacht, – – und Fietze Faatz war erst 11½ Jahre alt, – las den nächsten Tag und die kommende Nacht: – Da war Fietze Faatz allerdings schon 16 Jahre, aber Jörn hatte erst ein Drittel des Buches gelesen und fiel vor Schwäche vom Stuhl. – –

Wegen des Gepolters kam das Gesinde nach oben, – früher hatten sie es nicht gewagt – er war ein Uhl! –

Voran Fiete Krey, der Großknecht. –

Wie der nu Jörn sah, scheuerte er sich hinter den Ohren und entsetzte sich: der hatte mit eins einen langen grauen Bart bekommen und war selber beim Lesen sechzehn Jahre älter geworden. – –

«Junge, – Minsch», – sagte Krey, – «kuck dich nu man eben im Spiegel.» – – – – – – – – – – – – – – –

«Dat kumt von die verdammten Bücher», setzte er halblaut hinzu, – Lisbeth Sootje aber mochte Jörn nu mit eins gar nich mehr leiden; – – –

Und so blieb es. – – – – – – – – – – – – – –
– – – – – – – – – – – – – – – – – – – –
– – – – – – – – – – – – – – – – – –

Achott.

# MEINE QUALEN UND WONNEN IM JENSEITS

Dem ***-Verlag durch spiritistische Klopflaute mitgeteilt.

Wie es sich für einen Schriftsteller deutscher Nation geziemt, bin auch ich kürzlich – Sie werden es wohl in den Münchener Zeitungen in der Rubrik für «Kunst», knapp unter den üblichen Leitartikeln: «Maul- und Klauenseuche in Bayern», gelesen haben – eines unnatürlichen Todes gestorben.

Müde, dem unabwendbaren Dichterschicksal: dereinst im Golde qualvoll ersticken zu müssen, von früh bis spät ins Auge zu sehen, beschloß ich, schnellerhand meinem Leiden ein Ende zu bereiten.

Hurtigen Schrittes – rings um mich tobte ein Schneesturm, denn Pfingsten, das liebliche Fest war gekommen – betrat ich eines jener steinernen Häuschen, deren Giebelschrift besagt, daß darinnen streng auf Trennung der Geschlechter gesehen wird, – entnahm der wachhabenden Matrone nach Einwurf eines Zehnpfennigstückes ein sauberes Handtuch und knüpfte eine Schlinge darein. Dann: ein würgendes Gefühl im Hals, massenhaft goldene Funken vor den Augen, erschreckte Ausrufe neben mir, wie: «Ja, was wär' denn jetzt dös?!», endlich ein Ruck und – meine Seele war draußen.

Sofort umgab mich ein völlig verändertes Bild, aber dank meiner sorgfältigen, auf Erden betriebenen okkulten Studien und vom Jünglingsalter an gewöhnt, meine sieben seelischen Bestandteile peinlich in Ordnung zu halten, war es mir ein leichtes, mich augenblicklich zurechtzufinden.

Eine weibliche Gestalt von unsäglicher Holdheit kam auf mich zugeschwebt und schickte sich an, mir eine Reihe gespenstischer Liebkosungen zu erweisen. Der durchdringende Geruch nach Ziegenmilch, der ihr entströmte, verriet mir, daß sie sich in einem bereits stark vorgeschrittenen Stadium der Läuterung befand, aber nichtsdestoweniger entstrebte ich – zitternd eingedenk der Venusbergszene in Richard Wagners Tannhäuser – ihren Händen. – Eine Sekunde später hatte sie bereits die Maske abgeworfen, stand vor mir als Mrs. Pankhurst, die bekannte amokläufige Suffragettenführerin, und trachtete, meine Flucht zu hemmen.

Doch schon hatte mein eilender Fuß das Gestade eines trüben Flusses erreicht, und eine Barke, eigenhändig geführt von dem ersten Vorsitzenden des Ruderklubs «Charon», nahm mich auf.

Die Tracht meiner Mitpassagiere: gamslederne Hosen, Pinselbüschel auf den Hüten und grüne Wadenstrümpfe, sowie der Umstand, daß sich die Herren in regelmäßigen Intervallen aus kleinen farbigen Fläschchen Tabakpulver auf die Daumengrube schütteten, um es sodann unter Zischgeräusch aufzuschnupfen, ließ mich annehmen, daß es Schemen abgeschiedener höherer bayrischer Staatsbeamter waren.

Gewisse hämische Anspielungen in Schnadahüpflform auf mein Glaubensbekenntnis evangelischer Konfession wie:

«Protestantischer Zipfi,
Steig aufi am Gipfi,
Fall abi in d' Höll',
Bist 'm Teifi sei Gsell»,

bestärkten mich in dem Verdacht.

Nach glücklich überstandener Fahrt an Zypressenhainen im Gardone-Rivierastil vorüber, landeten wir endlich an einer Landzunge, auf der es von Verblichenen nur so wimmelte. Es war ein ungemein reges Treiben – ein echter Auswandererhafen. Äußerst interessant, sag' ich Ihnen.

In größter Eile – das Dienstpersonal murrte bereits und wollte «Brotzeit» machen – wurden wir gewogen und, um den vorgeschriebenen Formalitäten zu genügen, von einem Kameltreiber durch ein Nadelöhr gescheucht. Mir wurde die Prozedur, da ich mich durch ein dickes Paket unbezahlter Rechnungen als glaubwürdig ausweisen konnte, nachgesehen.

Wenige Minuten später saß ich auf dem Bock eines mit Seelen aller Berufs- und Gesellschaftsklassen überfüllten Aussichtsstellwagens, und dahin ging's unter Peitschenknallen und Hufegeklapper dem Gefilde der Seligen entgegen, wie ich damals – leider irrtümlich – annahm.

Luxusautomobile überholten uns und rasten an uns vorbei: «der Hölle zu», belehrte man mich.

«Sagen Sie mal, guter Mann, was ist das da drüben für ein grauer Turm –, dort zwischen den beiden Telegraphenstangen?» wandte ich mich wißbegierig an den neben mir sitzenden Kutscher, einen handfesten ägyptischen Anubis, dessen Wohlwollen ich mir durch Erzählen einiger schlüpfriger Anekdoten zu sichern gewußt.

«Oh, mei'», erwiderte der Anubis und schüttelte trüb seinen Hundekopf, «wissen S', gnä' Herr, da drinnat wohnt jetzen der Wettertrottel. Wissen S', der wo das Barometergetrübe unter sich hat und für dö da drunt, die wo noch auf Erden wallen, die Temperaduhrunterschiede liefert. – Er is jetzt scho' a weng a olter Grantler und a bisserl a Gehürnerweichung hot er aa; wissen S', i sag's wie's is.»

«Hören Se mal, Sie, Postilljong!», mischte sich eine norddeutsche Dame hinter mir schrill ins Gespräch, «wird d'n nich endlich ma Halt jemacht? Die Ferde müssen doch Fefferkuchen kriejen.»
An den Schwimmbewegungen ihrer Speckarme, der soldatenhaften Haltung und der kleinen krummen Papageinase erkannte ich ohne Schwierigkeit, daß es die Seele der berühmten Sängerin und extremen Tierschützlerin Lilli Piefke war, die da geredet hatte.
Ärgerlich drehte sich der Anubis um, spuckte durch die Zähne und sprach den abweisenden Kalauer:

«Dös san fei' ächte Elberfelder Ross'! Dö fressen ka Kletzenbrod ned, dö fressen bloß Quadratwurzeln, und dö ziag'n sö si selber.» – –

Nicht lange, und wir hielten an einem langgestreckten Schulgebäude.

Entsetzen durchrieselte mich, das konnte nur das Purgatorium sein.

Und richtig, da kam auch schon der Herr Oberlehrer Sassafraß, der das Fegefeuer leitete, heraus, blickte mir durchdringend in die Augen und sagte: «Das ist der Meyrink Gustav, der gegen den Stachel gelöckt hat.» Dann nahm er mich beim Ohr und führte mich in die Klasse. Ganz hinten – in der letzten Bank – saß der Lessing. Er hatte kurze Hosen an – rückwärts zum Knöpfen – und weinte. Er hatte wieder einmal sein Pensum nicht gekonnt: die Aufsätze des Herrn Holzbock ohne Stocken aufzusagen. Er war überhaupt ein schlechter

Schüler! Einmal hatte er dem Lenau Nikolaus eingesagt, und dann wieder hatte er einen Tintenklecks abgeleckt. –

Zuvörderst trat der Lehrkörper zusammen, murmelte untereinander und schoß finstere Blicke auf mich. «Du kriegst das ‹Lied vom braven Mann›», raunte mir warnend der Hölderlin Johann zu, neben den ich mich in meiner Herzensnot gesetzt hatte. «Nein, das wird für die Lasker-Schüler Else aufgespart», tröstete mich der Hartleben leise, «ich hab's neulich im Konferenzzimmer gehört. Du kriegst ‹Nadowessiers Totenklage›.»

Nadowessiers Totenklage! – Der Angstschweiß trat mir auf die Stirn. Unwillkürlich memorierte ich lautlos – mit bebenden Lippen:

> «Seht, da sitzt er auf der Matte,
> Aufrecht sitzt er da,
> Mit dem Anstand, den er hatte,
> Als er's Licht noch sah.»

«Na, wenn ich mir die Klänge einer Drehorgel dazu vorstelle», suchte ich mich zu beruhigen, «hoffe ich, es überstehen zu können.» Aber es sollte weit schlimmer kommen! Mit lautem Krach öffnete sich eine Falltür im Fußboden, und empor aufs Katheder stieg – glattrasiert – die Hand im Brustlatz, – der fehlende Backenbart durch Lorbeerblätter angedeutet, der unsterbliche Astralleib eines Mimen.

«Verschärft durch Ernst von Possart», ging ein Schreckensgemurmel durch die Reihen meiner Leidensgenossen.

– – – – – – – – Sehr geehrter Verlag – ich – ich – ich – äh, – nein, nein, ich vermag es nicht, Ihnen mein Martyrium zu schildern und den bohrenden Schmerz zu beschreiben, den mir das Abbröckeln meiner seelischen Schlacken bei dieser Kur verursachte. Ich hätte es schwerlich bis zu Ende ausgehalten – glauben Sie mir –, wäre nicht rechtzeitig ein Wunder geschehen. Der große Mime machte gerade nach den Worten: «der noch jüngst zum großen Geiste – blies der Pfeife Rauch» – – eine deklamatorische Nachdröhnpause, da klopfte mir eine Hand auf die Schulter, und mein Rechtsanwalt, Dr. Seidenberger aus München, reichte mir ein Papier hin. – – Aus dem schwarzen Talar, den er trug, entnahm ich, daß er keineswegs das

Zeitliche gesegnet hatte, sondern mich lediglich im «*Kama Rupa*», wie es die Inder nennen – dem fluidischen Körper, der bekanntlich den Menschen befähigt, noch bei Lebzeiten die irdische Hülle zu verlassen, – besuchen kam.

«Da, unterschreiben Sie mir rasch diese Prozeßvollmacht», sagte er und fügte, während ich mit zitternder Hand Folge leistete, hinzu: «Ich soll übrigens Ihre Verlassenschaft ordnen, – ich habe nur zwei Pfennige gefunden!?»

«Das muß ein Irrtum sein, Herr Doktor», rief ich aus, «soviel habe ich nie besessen», doch er hörte nicht mehr, schritt auf den Herrn Oberlehrer Sassafraß zu, wies die Prozeßvollmacht vor und sprach gelassen:

«Im Namen meines Klienten erhebe ich hiermit und insbesondere unter Hinweis auf den Umstand, daß mein Klient evangelischen Glaubensbekenntnisses ist und der Paragraph des Strafgesetzes *puncto* ‹Fegefeuer› auf ihn daher keinerlei Anwendung findet, Einsprache gegen das bereits im Zuge befindliche Verfahren und stelle ferner den Antrag, verfügen zu wollen, ihn unverzüglich auf freien Fuß zu setzen, widrigen- beziehungsweise nötigenfalls wir den Weg der Appellation bis zum Kaiserlichen Salzamt, als dritter und letzter gesetzlicher Instanz, betreten müßten. Die Kosten des Verfahrens *et cetera.*»

Worauf Dr. Seidenberger eine Verbeugung machte und verschwand.

Der Lehrkörper zog sich zur Beratung zurück, kehrte gleich darauf wieder, setzte die Barette auf und verkündete mir meine Freilassung.

Mit Hechtsprüngen verließ ich das Lokal, und mich umfing freie Natur: Jenes Reich des grünen Schleiers der Persephone, von dem schon Ovid singt und das ein getreues Abbild der Triften und Fluren unserer Erde darstellt.

Mit geschwellter Brust, vom Zephyr umsäuselt, schritt ich fürbaß – dem Gefilde der Seligen entgegen.

Da, bei einer Wegeskrümmung, halb verdeckt von lauschigem Jasmin, tauchte eine gebeugte Greisengestalt auf. – Ich traute meinen Augen kaum: war das nicht Salomon Galitzenstein, mein alter lieber Geschäftsfreund aus längst vergessenen Wiener Börsentagen?!

Auch er erkannte mich auf den ersten Blick. «Servus, Meyrink-leben; was tut sich in Kreditaktien?» waren seine ersten Begrüßungs-worte und, ehe ich erwidern konnte, hatte er sich in mich eingehängt und forderte mich auf, mit ihm zu einer Partie Klabrias ins «Café Gehinnom» zu gehen. Gehinnom? Gehinnom? – dunkel entsann ich mich, daß die Gehenna eine Art israelitischer Unterabteilung der Hölle ist. – Das übrige erriet ich: mein Freund hatte sich in den Orkus verirrt.

«Nun, und wie geht's Ihnen denn immer?» fragte ich mitlei-dig. Galitzenstein geriet sofort in heftige Erregung, faßte mich am Westenknopf und sprudelte los: «Gehen? Gehen!! ‹Gehen› is ka Ausdruck. Statt daß immerwährend Börse is, wird jede Stund geheult und mit die Zähne geklappert. Natürlich leidet das Geschäft darunter»; – erläuternd kehrte er seine leeren Hosenta-schen von innen nach außen – «ich sag' Ihnen, da war's fast noch in Östreich besser.»

«Aber hie und da können Sie auch ein Stündchen in der schönen Natur Luft schöpfen; zum Beispiel jetzt?» suchte ich ihn aufzu-muntern.

«Das is doch bloß ä Extrastraf' für mich», fuhr Galitzenstein auf; «wenn ich so ä Akrazie nur seh'» (er redete sich immer mehr in Wut und deutete ingrimmig auf eine Tanne), «die was nicht mir geheert und noch dazu unten angewachsen is, geht mir schon die Gall' 'eraus.»

Meine, wenn auch nur kurze Prüfung im Fegefeuer hatte mich geläutert, ich empfand es deutlich an meinem steigendem Widerwil-len ob solch materialistischer Denkungsweise.

«Bleiben Sie noch en Augenblick», redete mir Salomon Galitzen-stein mit eindringlicher Gebärde zu. «Ich seh' Ihnen an: Sie wollen in den Himmel, – gut –, ich weiß doch, Sie haben immer so Rosi-nen im Kopp gehabt, aber, wenn Sie dort emol mit ä paar Erzen-gel zusammenkommen – die Leute werden doch bares Geld liegen haben –, sagen Sie ihnen, sie sollen sich bei mir *à la hausse* enga-gieren: – in Staatsbahn oder meinetwegen mit ä paar hundert Sack Zocker. Wenn das Geschäft zustande kommt, vergüt' ich Ihnen die ganze Courtage und den halben Schnitt.»

Empört rief ich aus: «Heben Sie sich hinweg, Unseliger!», gürtete meine Lenden und schritt von dannen.

Schon ging der Sonnenball zur Rüste, und immer noch wanderte ich querfeldein, da scheuchte der Anblick einer wundersamen Fata Morgana den Rest meiner Verstimmung. Es war die genaue Widerspiegelung eines Vorganges auf Erden, nur womöglich noch erhebender: Dr. Schmuser, der unverbesserliche Gewohnheitsprophet und Gründer der theosophisch-anthroposophisch-*rosicruci*-pneumatotherapeutischen Gesellschaft wandelte in den Wolken, mit der einen Hand einen Bürstenabzug der ihm vom Werkmeister des Weltalls anvertrauten Akashachronik korrigierend, mit der andern die Götter rastlos grüßend, und hinter ihm als Ehrengarde: zwölf ausgewählt vermögende alte Damen. Ich begriff: er führte wieder einmal seine Getreuen an; vermutlich geleitete er sie ins Nirwana, das er bekanntlich von München endgültig nach Basel verlegt hat. –

Im letzten Strahlenglanz des Abendrotes erreichte ich endlich das Ziel meiner Sehnsucht. Mein Herz war eitel Friede, und überirdisch Labsal durchströmte meine müden Glieder.

Lautes «Hos–channaah, Hos–channaah» scholl mir entgegen; ein Pilgerzug aus Elbflorenz war soeben eingerückt. Kein Zweifel: ich war in den Gefilden der Protestantisch-Seligen angelangt.

Ein Mägdlein – von dem Maler Fidus entworfen – kam auf mich zugehüpft und fragte: «Willst du nicht das Lämmlein hüten? Lämmlein ist so fromm und sanft!», und als ich dankend verneinte, ergriff sie meine Hand und führte mich zum Eingangspförtchen.

Ein glattgescheiteltes Fräulein, ganz in Reform gekleidet und Prünellstiefelchen mit Lackkappen an den Füßchen (nach der Narbe am Hälschen zu schließen, dürfte sie während ihres Erdenwallens ein wenig rhachitisch gewesen sein, aber ansonsten ging ein unbeschreiblicher keuscher Reiz von ihr aus), saß an der Kassa und überreichte mir eine gehäkelte Börse mit der perlgestickten Inschrift: «Dem lieben Gustav». «Die Nickelmünzen darin», sagte sie, «sind für den Besuch des Genuß-Automaten bestimmt. – Nicht jeder kann sogleich vollkommen sein», fügte sie mit schelmischem Lächeln hinzu, – wie ich denn überhaupt bemerkte, daß ihr der Schalk im Nacken saß.

Auf meine erstaunte Frage, warum sie denn Schreibärmel über den Flügeln trüge, wurde mir bedeutet, die andern befiederten Engel hätten sogar Pelerinen an – als Schutz gegen Erkältung. – Zumal gerade die Zeit der Mauser sei.

Sehr geehrte Redaktion! Sie sehen schon daraus, daß hier in den Gefilden der Seligen alles ganz, ganz anders ist, als sich der noch in der Sinnenwelt verstrickte Staatsbürger vorstellt. Alles so einfach, so klar und schlicht! So herzerquickend! Unser Reich ist eben kein Ort, sondern ein Zustand, aufgebaut aus der Totalsumme der unbewußten Sehnsüchte des gesamten deutschen Volkes, die nach dem Zerbrechen der leiblichen Fessel sich naturgemäß und unweigerlich dem trunkenen Auge des Teilnehmers in voller Herrlichkeit offenbaren.

Mein erster Gang war in den Automaten, auf den mich das Fräulein an der Kassa so neugierig gemacht hatte.

Was es da alles gab!

O Herrlichkeit über Herrlichkeit.

Und alles ungemein billig.

Hier ein Schälchen sterilisiertes Manna, dort ein Gläschen Nektar-Ersatz, ein Schluck alkoholfreie Ambrosia, dann wieder ein paar Tropfen Seelenduft im Sinne Professor Dr. Jägers aufs Taschentuch. Und alles bloß *einen* Nickel!

Das Grammophon mit Drommetenschall und dem dreifachen Halleluja – ausgestoßen von Caruso – war, da nur für Vorgeschrittenere in der Reinigung bestimmt, gratis.

Desgleichen der Kino, der einem in wahrhaft erhebender Weise die Folterqualen der Verdammten vor Augen führte. Das Herz ging einem auf!

Doch *eine* Vorrichtung war es, die mich insbesondere anzog und die gewiß auch Sie lebhaft interessieren wird: Der Apparat für Sinnenrausch! (Nur für ältere gereifte Herren, die außerdem in der Läuterung noch zurückstehen.)

Ein bereits vor längerer Zeit friedlich entschlafener Herr, ein Kommerzienrat mit schon ziemlich ansehnlichen rosa Fittichansätzen, der zufällig zugegen war, erklärte ihn mir.

«Sehen Sie hier dieses Loch?» fragte er und lächelte ätherisch. «Es sieht für den Laien ganz unverfänglich aus. Sie brauchen nur den Finger hineinzustecken, alles übrige macht der Apparat.»

«Nun?» forschte er, listig zwinkernd, als ich es getan hatte. Ich war zu überwältigt, um eine Antwort geben zu können. Wollte rasch noch einen zweiten Nickel einwerfen! Doch der Herr Kommerzienrat wehrte mir mild; es genüge für den Anfang, meinte er. – «Kommen Sie, gehen wir auf einen Bissen Johannisbrot in die Konditorei ‹zum fröhlichen Reformator›!» –

Hand in Hand eilten wir hin.

So sehr ich seine Liebenswürdigkeit zu schätzen wußte und mich zu ihm hingezogen fühlte, vergaß ich ihn doch bald – ich muß es zu meiner Schande gestehen –, abgelenkt durch die überwältigenden Eindrücke und den herzlichen Familienton, mit dem man mir allenthalben entgegenkam –, taktvoll übersehend, daß ich in meinem früheren Leben der modernen Schriftstellerei gefrönt hatte.

Das Lokal, im trauten Stile altdeutscher Renaissance gehalten, gemahnte in seiner gediegen vornehmen Wohlhabenheit an beste bürgerliche Kreise: in den Ecken aufgespannte japanische Papierschirme, hängende Bastläufer darunter, reich mit Photographien besteckt, oder Makartbuketts in üppig verschnörkelten Papiermachévasen – beziehungsweise ein entzückender Nibelungenmantelständer aus imitierten Wisenthörnern, ditto Eberhauern und germanischen Speeren hochkünstlerisch arrangiert und durch überall angebrachte winzige bunte Glühlämpchen als Gebrauchsgegenstand gebrandmarkt – ä Pardon: gekennzeichnet.

Das einzige, was mir von Zeit zu Zeit ins Gedächtnis zurückrief, daß ich mich im Himmel und nicht in einer deutschen Kunstmetropole befand, war, daß, so oft ein neuer Gast eintrat, beim Aufgehen die Tür der sich drehenden Angel gar lieblichen Schalmeienklang entlockte.

Allüberall, an jeder Kleinigkeit, war das Walten fürsorglicher Frauenhände zu bemerken: Das Konfekt lag auf kleinen niedlichen Sammetpölsterchen, die Glasstürze trugen gehäkelte Käppchen, ja selbst die Gipsbüste unseres Allerhöchsten Kriegsherrn hatte ein hellblaues Bändchen um Dero Hals.

Sehr geehrter Verlag! Finden Sie es nicht auch rührend, daß man hier noch nach dem Tode an den Sitten des guten Althergebrachten hängt?

Als sich mein Auge ein wenig an die Pracht gewöhnt hatte, erblickte ich auf dem Sofa sitzend einen hochbetagten Greis, der zum Schutz gegen das Licht einen grünen Pappendeckelschirm an der Stirne trug.

Es war, wie ich hörte, der gute alte Torquemada, der aus dem benachbarten Segment des Paradieses zu uns Protestanten auf Besuch gekommen war, um ein Stündchen zu verplaudern. Auf Erden bekanntlich blind gewesen, ginge es ihm jetzt mit den Augen schon recht annehmbar, was zu erfahren mich mit besonderer Befriedigung erfüllte.

Er spielte uns von Zeit zu Zeit, vielleicht zum Zeichen, daß er seine einst so fanatische Denkungsweise von Grund auf ausgemerzt habe, allerlei süße spanische Weisen auf einer – *sit venia verbo* – Maultrommel vor, und wir lauschten atemlos den leisen schmelzenden Klängen, während Lukrezia Borgia, seine ständige Begleiterin, die ihm innig zugetan ist, einen äußerst diskreten Fandango – natürlich im hochgeschlossenen Kleide – dazu tanzte.

Stundenlang möchte ich Ihnen, sehr geehrter Verlag, weiter erzählen von all den glänzenden Festen, die hier bei uns eines auf das andere folgen: vom Mummenschanz angefangen bis zur Tombola, wo jeder der Frau Kommerzienrat ein Küßchen rauben darf, – doch drängt es mich vor allem, Ihnen zu versichern, daß wir Verklärten keineswegs nur den Lustbarkeiten huldigen. Nein, auch unserer Barmherzigkeitspflichten gegen die armen Verdammten in der Hölle sind wir unentwegt eingedenk: einmal in jedem Jahr – zu Weihnachten – geht an den Orkus eine Kiste ab, gefüllt mit unbrauchbaren Kleidern, zerrissenen Schuhen, Flaschenstaniol und was sonst noch den Darbenden Freude bereitet.

Sehr gern hätte ich Ihnen unsere Gefilde ausführlich geschildert, aber leider reicht die Zeit nicht aus – der spiritistische Klopfapparat darf nur in Ausnahmefällen benutzt werden – und überdies möchte ich, offengestanden, nicht, daß mein telepathischer Verkehr mit dem ***-Verlag in Paradieskreisen ruchbar würde.

Also: Keine Minute läßt die Natur den Pilgrim hier unbelehrt. Kaum ruht dein Auge auf einem grünen Blatt, schon wird es eines eingravierten Kernspruches gewahr, der dich erhebt und in der Tugend bestärkt. Alles und jedes hat seine Devise. Das Veilchen spricht: «Ich bin die Bescheidenheit; komm, willst du es mir nicht nachtun?» Kurz, Natur und Pädagogik sind zur Harmonie vereint. Die Stengel der Rosen sind mit Plüsch umwickelt, auf daß ihre Dornen dich nicht verletzen, und auf den Wipfeln der Bäume sitzen gebesserte Lämmergeier, jubeln mit den Staren um die Wette und schmettern hinaus ins Morgenrot ihr Lied: «Üb immer Treu und Redlichkeit.»

Ja, selbst das Faultier hat innere Einkehr gehalten und stickt und strickt von früh bis spat.

Doch das alles gehört eigentlich ins Gebiet Lilli Piefkes, die jetzt auch unter uns weilt und meine Busenfreundin geworden ist. Sie hat im Fegefeuer endlich durchgesetzt, daß jede Kuh dort morgens eine Tasse Schokolade kriegt.

Sie beherrscht die Vögelsprache in geradezu wunderbarer Weise, und wenn wir bei Tagesgrauen Hand in Hand zusammen hinaus ins Grüne gehen, ruft sie immerlos: «Putzi-Putzi», und das schneidet dem Kuckuck derart in die Seele, daß bereits die meisten Exemplare ihre Eier nicht mehr in fremde Nester, sondern nur noch in die eigenen legen.

Sehr geehrter Verlag! Zum Schluß! Hm, was wollte ich doch nun sagen? Hm. – Ja, richtig, das Allerwichtigste hätte ich beinahe vergessen. Also hören Sie zu: Ein neues unbekanntes Stück von Schönherr, das «Glaube und Heimat» weit in den Schatten stellt, soll demnächst hier in Szene gehen!! Dem *müssen* Sie beiwohnen!! Das sehen Sie doch wohl ein?! Rasch, rasch, folgen Sie meinem Beispiel: Hängen Sie sich auf, meine Herren, hängen Sie sich auf!

Ehe es zu spät ist.

Mit eiligem Hosiannah

Ihr aufrichtig verstorbener
Gustav Meyrink

# Tierfabeln

# BLAMOL

«Wahrhaftiglich, ohne Betrug und gewiß,
ich sage dir: So wie es unten ist, ist es auch oben.»
*Tabula smaragdina*

Der alte Tintenfisch saß auf einem dicken blauen Buch, das man in einem gescheiterten Schiffe gefunden hatte, und sog langsam die Druckerschwärze heraus.

Landbewohner haben gar keinen Begriff, wie beschäftigt so ein Tintenfisch den ganzen Tag über ist.

Dieser da hatte sich auf Medizin geworfen, und von früh bis Abend mußten die beiden armen kleinen Seesterne – weil sie ihm soviel Geld schuldig waren – umblättern helfen.

Auf dem Leibe – dort wo andere Leute die Taille haben – trug er einen goldenen Zwicker – ein Beutestück. Die Gläser standen weit ab – links und rechts –, und wer zufällig durchsah, dem wurde gräßlich schwindelig.

– – – – Tiefer Friede lag ringsum. – –

Mit einemmal kam ein Polyp angeschossen, die sackförmige Schnauze vorgestreckt, die Fangarme lang nachschleppend wie ein Rutenbündel, und ließ sich neben dem Buche nieder. – Wartete, bis der Alte aufschaute, grüßte dann sehr tief und wickelte eine Zinnbüchse mit eingepreßten Buchstaben aus sich heraus.

«Sie sind wohl der violette Pulp aus dem Steinbuttgäßchen?» fragte gnädig der Alte. «Richtig, richtig, habe ja Ihre Mutter gut gekannt – geborene ‹von Octopus›. (Sie, Barsch, bringen Sie mir mal den Gothaschen Polypenalmanach her.) Nun, was kann ich für Sie tun, lieber Pulp?»

«Inschrift – ehüm, ehüm – Inschrift – lesen», hüstelte der verlegen (er hatte so eine schleimige Aussprache) und deutete auf die Blechbüchse.

Der Tintenfisch stierte auf die Dose und machte gestielte Augen wie ein Staatsanwalt: «Was sehe ich – Blamol!? – Das ist ja ein

unschätzbarer Fund. – Gewiß aus dem gestrandeten Weihnachts-
dampfer? – Blamol – das neue Heilmittel – je mehr man davon
nimmt, desto gesünder wird man!

Wollen das Ding gleich öffnen lassen. Sie, Barsch, schießen Sie
einmal zu den zwei Hummern rüber – Sie wissen doch, Korallen-
bank, Ast II, Brüder Scissors – aber rasch.»

Kaum hatte die grüne Seerose, die in der Nähe saß, von der neuen
Arznei gehört, huschte sie sogleich neben den Polypen: – – Ach, sie
nahm so gerne ein; – ach, für ihr Leben gern!

Und mit ihren vielen hundert Greifern führte sie ein entzückendes
Gewimmel auf, daß man kein Auge von ihr abwenden konnte.

Hai–fisch! – war sie schön! Der Mund ein bißchen groß zwar,
doch das ist gerade bei Damen so pikant.

Alle waren vergafft in ihre Reize und übersahen ganz, daß die
beiden Hummern schon angekommen waren und emsig mit ihren
Scheren an der Blechbüchse herumschnitten, wobei sie sich in ihrem
tschnetschenden Dialekt unterhielten.

Ein leiser Ruck, und die Dose fiel auseinander.

Wie ein Hagelschauer stoben die weißen Pillen heraus, und –
leichter als Kork – verschwanden sie blitzschnell in die Höhe.

Erregt stürzte alles durcheinander: «Aufhalten, aufhalten!»

Aber niemand hatte rasch genug zugreifen können. Nur der Seerose war es geglückt, noch eine Pille zu erwischen und sie schnell in
den Mund zu stecken.

Allgemeiner Unwillen; – am liebsten hätte man die Brüder Scissors geohrfeigt.

«Sie, Barsch, Sie haben wohl auch nicht aufpassen können? –
Wozu sind Sie eigentlich Assistent bei mir?!»

War das ein Schimpfen und Keifen! Bloß der Pulp konnte kein Wort
herausbringen, hieb nur wütend mit den geballten Fangarmen auf
eine Muschel, daß das Perlmutter krachte.

Plötzlich trat Totenstille ein: – Die Seerose!

Der Schlag mußte sie getroffen haben: sie konnte kein Glied rüh-
ren. Die Fühler weit von sich gestreckt, wimmerte sie leise.

Mit wichtiger Miene schwamm der Tintenfisch hinzu und begann
eine geheimnisvolle Untersuchung. Mit einem Kieselstein schlug er

gegen einen oder den anderen Fühler oder stach hinein. (Hm, hm, Babynskisches Phänomen, Störung der Pyramidenbahnen.)

Nachdem er schließlich mit der Schärfe seines Flossensaumes der Seerose einige Male kreuz und quer über den Bauch gefahren war, wobei seine Augen einen durchdringenden Blick annahmen, richtete er sich würdevoll auf und sagte: «Seitenstrangsklerose. – Die Dame ist gelähmt.»

«Ist noch Hilfe? Was glauben Sie? Helfen Sie, helfen Sie – ich schieß rasch in die Apotheke», rief das gute Seepferd.

«Helfen?! – Herr, sind Sie verrückt? Glauben Sie vielleicht, ich habe Medizin studiert, um Krankheiten zu heilen?» Der Tintenfisch wurde immer heftiger. «Mir scheint, Sie halten mich für einen Barbier, oder wollen Sie mich verhöhnen? Sie, Barsch – Hut und Stock – ja!»

Einer nach dem andern schwamm fort: «Was einen hier in diesem Leben doch alles treffen kann, schrecklich – nicht?»

Bald war der Platz leer, nur hin und wieder kam der Barsch mürrisch zurück, nach einigen verlorenen oder vergessenen Dingen zu suchen.

Auf dem Grunde des Meeres regte sich die Nacht. Die Strahlen, von denen niemand weiß, woher sie kommen und wohin sie entschwinden, schwebten wie Schleier in dem grünen Wasser und schimmerten so müde, als sollten sie nie mehr wiederkehren.

Die arme Seerose lag unbeweglich und sah ihnen nach in herbem Weh, wie sie langsam, langsam in die Höhe stiegen.

Gestern um diese Zeit schlief sie schon längst, zur Kugel geballt, in sicherem Versteck. – Und jetzt? – Auf offener Straße umkommen zu müssen, wie ein – Tier! – Luftperlen traten ihr auf die Stirne.

Und morgen ist Weihnachten!!

An ihren fernen Gatten mußte sie denken, der sich, Gott weiß wo, herumtrieb. – Drei Monate nun schon Tangwitwe! Wahrhaftig, es wäre kein Wunder gewesen, wenn sie ihn hintergangen hätte.

Ach, wäre doch wenigstens das Seepferd bei ihr geblieben! –

Sie fürchtete sich so! –

Immer dunkler wurde es, daß man kaum mehr die eigenen Fühler unterscheiden konnte.

Breitschultrige Finsternis kroch hervor hinter Steinen und Algen und fraß die verschwommenen Schatten der Korallenbänke.

Gespenstisch glitten schwarze Körper vorüber – mit glühenden Augen und violett aufleuchtenden Flossen. – Nachtfische! – Scheußliche Rochen und Seeteufel, die in der Dunkelheit ihr Wesen treiben. Mordsinnend hinter Schiffstrümmern lauern.

Scheu und leise wie Diebe öffnen die Muscheln ihre Schalen und locken den späten Wanderer auf weichen Pfühl zu grausigem Laster.

In weiter Ferne bellt ein Hundsfisch.

– – – Da zuckt durch die Ulven heller Schein: Eine leuchtende Meduse führt trunkene Zecher heim; – Aalgigerln mit schlumpigen Muränendirnen an der Flosse.

Zwei silbergeschmückte junge Lachse sind stehengeblieben und blicken verächtlich auf die berauschte Schar. Wüster Gesang erschallt:

«In dem grünen Tange
hab' ich sie gefragt,
Ob sie nach mir verlange. – –


Ja, hat sie gesagt.
Drauf hat sie sich gebückt –
und ich hab' sie gezwickt.
Ach im grünen Tange ...»


«No, no, aus dem Weg da, Sö – Sö Frechlachs – Sö», brüllt ein Aal plötzlich.

Der Silberne fährt auf: «Schweigen Sie! Sie haben's nötig, weanerisch zu reden. Glauben wohl, weil Sie das einzige Viech sind, das nicht im Donaugebiet vorkommt – –»

«Pst, pst», beschwichtigt die Meduse, «schämen Sie sich doch, schauen Sie dorthin!»

Alle verstummen und blicken voll Scheu auf einige schmächtige, farblose Gestalten, die sittsam ihres Weges ziehen.

«Lanzettfischchen», flüsterte einer.

? ? ? ? ?

– – – «Oh, das sind hohe Herren – Hofräte, Diplomaten und so. –

Ja, die sind schon von Geburt dazu bestimmt, wahre Naturwunder: haben weder Gehirn noch Rückgrat.»

Minuten stummer Bewunderung, dann schwimmen alle friedlich weiter.

Die Geräusche verhallen. – Totenstille senkt sich nieder.

Die Zeit rückt vor. – Mitternacht, die Stunde des Schreckens.

Waren das nicht Stimmen? – Krevetten können es doch nicht sein, – jetzt so spät?!

Die Wache geht um: Polizeikrebse!

Wie sie scharren mit gepanzerten Beinen, über den Sand knirschend ihren Raub in Sicherheit bringen.

Wehe, wer ihnen in die Hände fällt; – vor keinem Verbrechen scheuen sie zurück – – und ihre Lügen gelten vor Gericht wie Eide.

Sogar der Zitterrochen erbleicht, wenn sie nahen.

Der Seerose stockt der Herzschlag vor Entsetzen, sie, eine Dame, wehrlos – auf offenem Platze! – Wenn sie sie erblicken! Sie werden sie vor den Polizeirat, den schurkischen Meineidskrebs, schleppen, – den größten Verbrecher der Tiefsee – und dann – und dann – –

Sie nähern sich ihr – – jetzt – – ein Schritt noch, und Schande und Verderben werden die Fänge um ihren Leib schlagen.

Da erbebt das dunkle Wasser, die Korallenbäume ächzen und zittern wie Tang, ein fahles Licht scheint weithin.

Krebse, Rochen, Seeteufel ducken sich nieder und schießen in wilder Flucht über den Sand, Felsen brechen und wirbeln in die Höhe.

Eine bläulich gleißende Wand – so groß wie die Welt – fliegt durch das Meer.

Näher und näher jagt der Phosphorschein: die leuchtende Riesenflosse der Tintorera, des Dämons der Vernichtung, fegt einher und reißt abgrundtiefe glühende Trichter in das schäumende Wasser.

Alles dreht sich in rasender Hast. Die Seerose fliegt durch den Raum in brausende Weiten, hinauf und hinab – über Länder von smaragdenem Gischt.

Wo sind die Krebse, wo Schande und Angst! Das brüllende Verderben stürmt durch die Welt. – Ein Bacchanal des Todes, ein jauchzender Tanz für die Seele.

Die Sinne erlöschen, wie trübes Licht.

Ein furchtbarer Ruck. – Die Wirbel stehen, und schneller, schneller, immer schneller und schneller drehen sie sich zurück und schmettern auf den Grund, was sie ihm entrissen.

Mancher Panzer brach da.

Als die Seerose nach dem Sturze endlich aus tiefer Ohnmacht erwachte, fand sie sich auf weiche Algen gebettet.

Das gute Seepferd – es war heute gar nicht ins Amt gegangen – beugte sich über das Lager.

Kühles Morgenwasser umfächelte ihr Gesicht, sie blickte um sich. Schnattern von Entenmuscheln und das fröhliche Meckern einer Geisbrasse drang an ihr Ohr.

«Sie befinden sich in meinem Landhäuschen», beantwortete das Seepferd ihren fragenden Blick und sah ihr tief in die Augen. «Wollen Sie nicht weiter schlafen, gnädige Frau, es würde Ihnen gut tun!»

Die Seerose konnte aber beim besten Willen nicht. Ein unbeschreibliches Ekelgefühl zog ihr die Mundwinkel herunter.

«War das ein Unwetter heute nacht; mir dreht sich noch alles vor den Augen von dem Gewirbel», fuhr das Seepferd fort. «Darf ich Ihnen übrigens mit Speck – so einem recht fetten Stückchen Matrosenspeck aufwarten?»

Beim bloßen Hören des Wortes Speck überkam die Seerose eine derartige Übelkeit, daß sie die Lippen zusammenpressen mußte. – Vergebens. Ein Würgen erfaßte sie (diskret blickte das Seepferd zur Seite), und sie mußte erbrechen. Unverdaut kam die Blamolpille zum Vorschein, stieg mit Luftblasen in die Höhe und verschwand.

Gott sei Dank, daß das Seepferd nichts bemerkt hatte.

Die Kranke fühlte sich plötzlich wie neugeboren.

Behaglich ballte sie sich zusammen.

O Wunder, sie konnte sich wieder ballen, konnte ihre Glieder bewegen wie früher.

Entzücken über Entzücken!

Dem Seepferd traten vor Freude Luftbläschen in die Augen. «Weihnachten, heute ist wirklich Weihnachten», jubelte es ununterbrochen, «und das muß ich gleich dem Tintenfisch melden; Sie werden sich unterdessen recht, recht ausschlafen.»

«Was finden Sie denn so Wunderbares an der plötzlichen Genesung der Seerose, mein liebes Seepferd?» fragte der Tintenfisch und lächelte mild. «Sie sind ein Enthusiast, mein junger Freund! Ich rede zwar sonst prinzipiell mit Laien (Sie, Barsch, einen Stuhl für den Herrn) nicht über die medizinische Wissenschaft, will aber diesmal eine Ausnahme machen und trachten, meine Ausdrucksweise Ihrem Auffassungsvermögen möglichst anzupassen. Also, Sie halten Blamol für ein Gift und schieben seiner Wirkung die Lähmung zu. Oh, welcher Irrtum! Nebenbei bemerkt ist Blamol längst abgetan, es ist ein Mittel von gestern, heute wird allgemein Indiotinchlorür angewandt (die Medizin schreitet nämlich unaufhaltsam vorwärts). Daß die Erkrankung mit dem Schlucken der Pille zusammentraf, war bloßer Zufall – alles ist bekanntlich Zufall –, denn erstens hat Seitenstrangsklerose ganz andere Ursachen, die Diskretion verbietet mir, sie zu nennen, und zweitens wirkt Blamol wie alle diese Mittel gar nicht beim Einnehmen, sondern lediglich beim Ausspucken. Auch dann natürlich nur günstig.

Und was endlich die Heilung anbelangt? – Nun, da liegt ein deutlicher Fall von Autosuggestion vor. – In Wirklichkeit (Sie verstehen, was ich meine: ‹Das Ding an sich› nach Kant) ist die Dame genau so krank wie gestern, wenn sie es auch nicht merkt. Gerade bei Personen mit minderwertiger Denkkraft setzen Autosuggestionen so häufig ein. – Natürlich will ich damit nichts gesagt haben – Sie wissen wohl, wie hoch ich die Damen schätze: ‹Ehret die Frauen, sie flechten und weben – – –› – Und jetzt, mein junger Freund, genug von diesem Thema, es würde Sie nur unnötig aufregen. – A propos, – Sie machen mir doch abends das Vergnügen? Es ist Weihnacht und – meine Vermählung.»

«Wa–? – Vermä– – –», platzte das Seepferd heraus, faßte sich aber noch rechtzeitig: «Oh, es wird mir eine Ehre sein, Herr Medizinalrat.»

«Wen heiratet er denn?» fragte es beim Hinausschwimmen den Barsch. – «Was Sie nicht sagen: die Miesmuschel?? – Warum nicht gar! – Schon wieder so eine Geldheirat.»

Als abends die Seerose, etwas spät, aber mit blühendem Teint an der Flosse des Seepferdes in den Saal schwamm, wollte der Jubel kein Ende nehmen. Jeder umarmte sie, selbst die Schleierschnecken und

Herzmuscheln, die als Brautjungfern fungierten, legten ihre mäd-
chenhafte Scheu ab.

Es war ein glänzendes Fest, wie es nur reiche Leute geben können;
die Eltern der Miesmuschel waren eben Millionäre und hatten sogar
ein Meerleuchten bestellt.

Vier lange Austernbänke waren gedeckt. – Eine volle Stunde
wurde schon getafelt, und immer kamen noch neue Leckerbissen.
Dazu kredenzte der Barsch unablässig aus einem schimmernden
Pokal (natürlich die Öffnung nach unten) hundertjährige Luft, die
aus der Kabine eines Wracks stammte.

Alles war bereits angeheitert. – Die Toaste auf die Miesmuschel
und ihren Bräutigam gingen in dem Knallen der Korkpolypen und
dem Klappern der Messermuscheln völlig unter.

Das Seepferd und die Seerose saßen am äußersten Ende der Tafel,
ganz im Schatten, und achteten in ihrem Glück kaum der Umgebung.

«Er» drückte «ihr» zuweilen verstohlen den einen oder anderen Fühler, und sie lohnte ihm dafür mit einem Glutblick.

Als am Ende des Mahles die Kapelle das schöne Lied spielte:

«Ja, küssen –
scherzen
mit jungen Herrn
ist selbst bei Frauen
sehr modern»,

und sich dabei die Tischnachbarn der beiden verschmitzt zublin-
zelten, da konnte man sich dem Eindruck nicht verschließen, daß
die allgemeine Aufmerksamkeit hier allerlei zarte Beziehungen mut-
maßte.

# DIE GESCHICHTE VOM LÖWEN ALOIS

war so: Seine Mutter hatte ihn geboren und war sofort gestorben.

Vergebens hatte er getrachtet mit seinen runden Pfoten, die so weich waren wie Puderquasten, sie aufzuwecken, denn er verschmachtete vor Durst in der sengenden Mittagsglut.

«Wie die Sonne frühmorgens die Tautropfen schlürft, wird sie auch *sein* Leben austrinken», murmelten pathetisch die wilden Pfauen oben auf der Tempelruine, machten Prophetengesichter und schlugen rauschend stahlblau schimmernde Räder. Und wären nicht die Schafherden des Emirs des Weges gezogen, hätte es auch so kommen müssen. Da aber wendete sich das Schicksal.

«Hirten haben wir nicht, unberufen, die dreinreden dürften», – meinten die Schafe – «warum sollen wir diesen jungen Löwen also nicht mitnehmen? Übrigens die Witwe Bovis macht's gewiß gern, erziehen ist ja ihre Leidenschaft.

Seit ihr Ältester nach Afghanistan geheiratet hat – (die Tochter des fürstlichen Oberwidders) – fühlt sie sich sowieso ein bißchen einsam.»

Und Frau Bovis sagte kein Wort, nahm das Löwenjunge zu sich, säugte und hegte es – neben Agnes, ihrem eigenen Kind.

Nur der Herr Schnucke Ceterum aus Syrien – schwarz gelockt und mit krummen Hinterbeinen – war dagegen. Er legte den Kopf schief und sagte melodisch: «Scheene Sachen werden da noch emol 'erauskommen», aber weil er immer alles besser wußte, kümmerte sich niemand um ihn. –

Der kleine Löwe wuchs erstaunlich, wurde bald getauft und erhielt den Namen «Alois».

Frau Bovis stand dabei und fuhr sich ein ums andere Mal über die Augen; – und der Gemeindeschöps trug ins Buch ein: «Alois †††» und statt eines Familiennamens drei Kreuze.

Damit aber jeder sehen könne, daß hier wahrscheinlich eine uneheliche Geburt vorliege, schrieb er es auf eine Extraseite.

Alois' Kindheit floß dahin wie ein Bächlein.

Er war ein guter Knabe, und nie gab er – von gewissen Heimlichkeiten vielleicht abgesehen – Grund zur Klage. – Rührend war es anzusehen, wie er heißhungrig mit den andern weidete und die Schafgarbe, die sich ihm widerspenstig immer um die langen Eckzähne legte, in kindlicher Unbeholfenheit mühsam zerkaute.

Jeden Nachmittag ging er mit klein Agnes, seinem Schwesterchen, und ihren Freundinnen ins Bambusgehölz spielen, und da war des Scherzens und der Lustbarkeiten kein Ende.

Alois, hieß es dann immer, Alois, zeig mal deine Krallen, bitte, und wenn er sie recht lang herausstreckte, erröteten die kleinen Mädchen, steckten kichernd die Köpfchen zusammen und sagten: «Ffui, wie unanständig»; – aber sie wollten es doch immer wieder sehen.

Zur kleinen schwarzhaarigen Scholastika, Schnucke Ceterums lieblichem Töchterlein, entwickelte sich in ihm frühzeitig eine tiefe Herzensneigung.

Stundenlang konnte er an ihrer Seite sitzen, und sie bekränzte ihn mit Vergißmeinnicht.

Waren sie ganz allein, so sagte er ihr das wunderschöne Gedicht auf:

«Willst du nicht das Lämmlein hüten,
Lämmlein ist so fromm und sanft,
Nährt sich von des Grases Blüten
Spielend an des Baches Ranft.»

Und sie vergoß dabei Tränen tiefster Rührung.

Dann tollten sie wieder durch das saftige Grün, bis sie umfielen.

Kam er abends erhitzt vom kindlichen Spiele nach Hause, sagte Frau Bovis, seine Mähne nachdenklich betrachtend, immer nur: «Jugend hat keine Tugend», – und – «Junge, wie du heute wieder mal unfrisiert aussiehst!» (Sie war so gut.)

Alois reifte zum Jüngling, und das Lernen war seine Lust. In der Schule allen ein Vorbild, glänzte er stets durch Fleiß und gute Sitten, – und im Singen und in «Bodenständiger Literaturgeschichte» hatte er durchwegs 1 a.

«Nicht wahr, Mama», sagte er immer, wenn er mit einem Lob des Herrn Lehrers heimkam, «nicht wahr, ich darf später Literaturhistoriker werden?» Da mußte sich jedesmal Frau Bovis abwenden und eine Träne zerdrücken. «Er weiß ja nicht, der gute Junge», seufzte sie, «daß so etwas nur wirkliche Schafe werden können», – streichelte ihn, zwinkerte verheißungsvoll mit den Augen und sah ihm gerührt nach, wenn er hochaufgeschossen, wie er war, mit dem ein wenig dünnen Hals und den weichen X-Beinen der Flegeljahre wieder hinaus an seine Schulaufgaben ging.

Der Herbst zog ins Land, da hieß es eines Tages: Kinder, vorsichtig sein, ja nicht zu weit außerhalb spazieren gehen, besonders nicht in der Dämmerung, wenn die Sonne zu sinken beginnt, – wir kommen jetzt in gefährliches Gebiet. – Der persische Löwe nämlich mordet und würgt dort.

Und immer wilder wurde das Pundshab und immer finsterer das Gesicht, das die Landschaft schnitt.

Die steinernen Finger der Berge von Kabul krallen sich in die Niederungen, – Bambusdschungel starrt wie gesträubtes Haar, und auf den Sümpfen treiben träge die Fieberdämonen mit lidlosen Augen und atmen vergiftete Mückenschwärme in die Luft.

Die Herde zog durch einen Engpaß, ängstlich und schweigend. Hinter jedem Felsblock Todesgefahr. Da machte ein hohler, schauerlicher Ton die Luft beben, – in wilder, besinnungsloser Furcht stürmte die Herde davon.

Hinter einem Felsen hervor schoß ein breiter Schatten gerade auf Herrn Schnucke Ceterum los, der nicht rasch genug vorwärts kam.

Ein riesiger alter Löwe!

Herr Schnucke wäre rettungslos verloren gewesen, hätte sich nicht in diesem Augenblicke etwas Merkwürdiges ereignet. Mit Gänseblümchen bekränzt, ein Sträußchen Georginen hinter dem Ohre, kam Alois mit schmetterndem «Bäh, bäh» im Galopp vorbei.

Als hätte vor ihm der Blitz eingeschlagen, hielt der alte Löwe im Sprung inne und stierte in maßlosem Staunen dem Fliehenden nach.

Lange konnte er keinen Laut hervorbringen, und als er endlich ein wütendes Gebrüll ausstieß, antwortete ihm Alois' «Bäh, bäh» schon aus weiter Ferne.

Eine ganze Stunde noch blieb der Alte in tiefem Grübeln stehen, alles, was er je über Sinnestäuschungen gelesen und gehört, ließ er in seinem Geist vorüberziehen.

Vergebens.

Die Nacht fällt rasch und kalt vom Himmel im Pundshab; fröstelnd knöpfte sich der alte Löwe zu und ging in seine Höhle.

Aber er konnte keinen Schlaf finden, und als das gigantische Katzenauge des Vollmondes grünlich durch die Wolken starrte, brach er auf und setzte der geflohenen Herde nach.

Gegen Morgengrauen erst fand er Alois – die Blumenkränze noch im Haar – süß schlummernd hinter einem Strauche.

Er legte ihm die Pranke auf die Brust, und mit entsetztem «Bäh» fuhr Alois aus dem Schlafe.

«Herr, so sagen Sie doch nicht immer ‹bäh›, sind Sie denn wahnsinnig? Sie sind doch ein Löwe, um Gottes willen», brüllte ihn der Alte an.

«Da irren, bitte –», antwortete Alois schüchtern, «ich bin ein Schaf.»

Der alte Löwe schüttelte sich vor Wut; «Sie, – wollen Sie mich vielleicht zum besten haben?! Frozzeln Sie gütigst meinetwegen die Frau Blaschke – – – –.» Alois legte die Tatze beteuernd aufs Herz, blickte ihm treuherzig ins Auge und sagte tiefbewegt:

«Mein Ehrenwort, – ich bin ein Schaf!»

Da entsetzte sich der Alte, wie tief sein Stamm gesunken, und ließ sich Alois' Lebensgeschichte erzählen.

«Das alles», meinte er dann, «ist mir zwar gänzlich schleierhaft, aber daß Sie ein Löwe und kein Schaf sind, steht fest, und wenn Sie's nicht glauben wollen – zum Teufel – so vergleichen Sie unser beider Bilder hier im Wasser.

Und jetzt lernen Sie zuvörderst mal anständig brüllen, schauen Sie – so:

Uuuaah, uuuuaah.»

Und er brüllte, daß die Oberfläche des Weihers ganz rieselig wurde und aussah wie Schmirgelpapier. «Also versuchen Sie's, es ist ganz leicht.»

«Uhah», setzte Alois schüchtern an, verschluckte sich jedoch und mußte hüsteln.

Der alte Löwe blickte ungeduldig zum Himmel auf: «Na, meinetwegen üben Sie's, wenn Sie allein sind, ich muß jetzt sowieso nach Hause.»

Er sah auf die Uhr: «Himmelsakra! schon wieder halb fünf! Also Servus!» Und er salutierte flüchtig mit der Pranke und verschwand. – – – – – – – – – – – – – – – – – – – – – –

Alois war wie betäubt – – –: Also doch!!

Vor ganz kurzer Zeit erst hatte er das Gymnasium absolviert – hatte es sozusagen schwarz auf weiß bekommen, daß er ein Schaf sei – und jetzt!

Gerade jetzt, wo er in den Staatsdienst treten sollte!

Und – und – und Scholastika!

Er mußte weinen – Scholastika!!

So schön hatten sie alles miteinander verabredet, wie er vor Papa und Mama hintreten solle usw. Und Mama Bovis hatte noch zu ihm gesagt – neulich –: «Junge, den alten Schnucke, den halte dir warm, der hat ein Viechsgeld; – das wäre so ein Schwiegervater für dich bei deinem Riesenappetit.» – Und immer lebendiger zogen die Ereignisse der letzten Tage vor Alois' innerem Auge vorüber: Wie er auf einem Spaziergange Herrn Schnucke über sein blühendes Aussehen und seinen Reichtum Elogen gemacht hatte: «Herr von Schnucke haben, wie ich vernahm, in Syrien einen so schwunghaften Exporthandel in Trommelschlägeln unterhalten, und das soll, höre ich, den Grundstock zu Ihrem Reichtum gelegt haben!?» – – «Auch hab' ich gehandelt dermit» – hatte Herr Ceterum etwas zögernd geantwortet, ihn aber dabei recht argwöhnisch von der Seite angesehen.

Sollte ich da am Ende etwas Dummes gesagt haben, – hatte sich Alois damals gedacht – aber man spricht doch allgemein – – – –
– – – – – – – – – – – – – – – – – – –

– – Ein Geräusch schreckte ihn jetzt aus seinen Träumereien! – Also alles, alles sollte jetzt zu Ende sein! Alois legte sein Haupt auf die Tatzen und weinte lange und bitterlich.

Tag und Nacht vergingen, – da hatte er sich durchgerungen.

Übernächtig, tiefe Schatten um die Augen, ging er zur Herde, trat mitten unter sie, richtete sich majestätisch auf und rief:

«Uh– –hah!»

Ein ungeheures Gelächter brach los.

«Pardon, ich meine damit», stotterte er verlegen – «ich meine damit nur – – ich bin nämlich ein Löwe.» Ein Augenblick der Überraschung, allgemeine Stille, und wiederum erhob sich großer Lärm, höhnische Worte, Warnungsrufe, lautes Lachen.

Erst als Dr. Simulans, der Herr Pastor, hinzutrat und Alois in strengem Tone befahl, ihm zu folgen, legte sich der Tumult.

Es mußte ein langes ernstes Gespräch gewesen sein, das die beiden miteinander führten, und als sie zusammen aus dem Bambusdickicht traten, da leuchteten des Predigers Augen in frommem Eifer – –: «Sei dössen eingedenk, mein Sohn», waren seine letzten Worte, – «mannigfaltig sind die Fallstricke des bösen Feindes!

Tag und Nacht versuchet ör uns, auf daß wir gögen den Stachel löcken, dörweilen wir im Fleische wandeln allhier.

Siehe, das ist ös ja eben, wir allesamt sollen trachten, das Löwentum in uns niederzuwerfen und in Demut zu verharren, daß wir einen *nojen* Bund schließen und unsere Bitten erhöret werden – hier zeitlich und dort öwiglich.

Und was du gesehen und gehört gestern morgens dort am Weiher, das vergiß, – ös war nicht Wirklichkeit, – war teuflisch Gaukelspiel dös bösen Feindes! Anathema!

Eines noch, mein Sohn! Heiraten ist gut, und ös wird dir die finstern Dünste des Fleisches vertreiben, die den Teufeln ein Wohlgefallen sind, so freie denn die Jungfrau Scholastika Cöterum und sei zahlreich wie der Sand am Meere.»

Er hob seine Augen zum Himmel, – «das wird dir helfen des Fleisches Bürde tragen und – (hier wurde seine Rede zum Gesang):

lär–nee zu lei–deen
oh–näh zu klaa–geen!»

Und dann schritt er von hinnen.

– – – – – – – – –

Alois' Augen standen voll Tränen.

Drei Tage lang sprach er keine Wort, reinigte nur rastlos sein Inneres von allen Schlacken, und als ihm eines Nachts im Traum eine Löwin erschien, die angab, der Geist seiner Mutter zu sein und verächtlich dreimal vor ihm ausspuckte, – da trat er erhobenen Hauptes vor den Herrn Pastor – jauchzend, daß nunmehr die Blendwerke der Hölle von ihm abgelassen hätten und er von nun an das Denken wolle ganz und gar sein lassen, um sich um so blinder der Leitung des Herrn Pastors hinzugeben. Der Herr Pastor aber hielt in beredten Worten Fürsprache für ihn um die Hand der Jungfrau Scholastika bei ihren Eltern.

Zwar wollte Herr Ceterum anfangs nichts hören, war sehr wild und rief immer: «er is nix, er hat nix», aber schließlich fand seine Ehegattin den Schlüssel zu seinem Herzen: «Schnucke», sagte sie, «Schnucke, was willst de eigentlich, was hast de gegen Alois?

Schau – – – er is doch blond.» –

Und tags darauf war Hochzeit.

Bäh.

# TSCHITRAKARNA,
## DAS VORNEHME KAMEL

«Bitt' Sie, was ist das eigentlich: Bushido?» fragte der Panther und spielte Eichelaß aus.

«Bushido? hm», brummte der Löwe zerstreut, – «Bushido?»

«Na ja, Bushido», – ärgerlich fuhr der Fuchs mit einem Trumpf dazwischen, – «was Bushido ist?»

Der Rabe nahm die Karten auf und mischte. «Bushido? Das ist der neueste hysterische ‹Holler›! Bushido, das ist so ein moderner ‹Pflanz›, – eine besondere Art, sich fein zu benehmen, – japanischen Ursprungs. Wissen Sie, so was wie ein japanischer ‹Knigge›. Man grinst freundlich, wenn einem etwas Unangenehmes passiert. Zum Beispiel, wenn man mit einem Berufspatrioten an einem Tische sitzen muß, grinst man. Man grinst, wenn man Bauchweh hat, man grinst, wenn der Tod kommt. Selbst wenn man beleidigt wird, grinst man. Dann sogar besonders liebenswürdig. – Man grinst überhaupt immerwährend.»

«Ästhetentum, hm, weiß schon, – Oskar Wilde – ja, ja», sagte der Löwe, setzte sich ängstlich auf seinen Schweif und schlug ein Kreuz, – «also weiter.»

«Na ja, und der japanische Bushido wird jetzt sehr modern, seit sich die slawische Hochflut im Rinnstein verlaufen hat. Da ist z. B. Tschitrakarna – –»

«Wer ist Tschitrakarna?»

«Was? Sie haben noch nie von ihm gehört? Merkwürdig! Tschitrakarna, das vornehme Kamel, das mit niemand verkehrt, ist doch eine so bekannte Figur! Sehen Sie, Tschitrakarna las eines Tages Oskar Wilde, und das hat ihm den Verkehr mit seiner Familie so verleidet, daß es von da an seine eigenen einsamen Wege ging. Eine Zeitlang hieß es, es wolle nach Westen, nach Österreich, – dort seien nun aber schon so unglaublich viele – –»

«Kscht, ruhig, – hören Sie denn nichts?» flüsterte der Panther – «Es raschelt jemand –»

Alle duckten sich nieder und lagen bewegungslos wie die Steine.

Immer näher hörte man das Rascheln kommen und das Prasseln von zerbrochenen Zweigen, und plötzlich fing der Schatten des Felsens, in dem die vier kauerten, an zu wogen, sich zu krümmen und wie ins Unendliche anzuschwellen – –– –

Bekam dann einen Buckel, und schließlich wuchs ein langer Hals heraus mit einem hakenförmigen Klumpen daran.

Auf diesen Augenblick hatten der Löwe, der Panther und der Fuchs gelauert, um sich mit einem Satz auf den Felsen zu schnellen. Der Rabe flatterte auf wie ein schwarzes Papier, auf das ein Windstoß trifft.

Der bucklige Schatten stammte von einem Kamel, das den Hügel von der andern Seite erklommen hatte und jetzt beim Anblick der Raubtiere in namenlosem Todesschreck zusammenzuckend sein seidenes Taschentuch fallen ließ.

Aber nur eine Sekunde machte es Miene zur Flucht, dann erinnerte es sich: – Bushido!! blieb sofort steif stehen und grinste mit verzerrtem käseweißem Gesicht.

«Tschitrakarna ist mein Name», sagte es dann mit bebender Stimme und machte eine kurze englische Verbeugung, – «Harry S. Tschitrakarna! – – Pardon, wenn ich vielleicht gestört habe» – – dabei klappte es ein Buch laut auf und zu, um das angstvolle Klopfen seines Herzens zu übertönen.

Aha: Bushido! dachten die Raubtiere.

«Stören? Uns? Keineswegs. Ach, treten Sie doch näher», sagte der Löwe verbindlich (Bushido), «und bleiben Sie, bitte, solange es Ihnen gefällt. – Übrigens wird keiner von uns Ihnen etwas tun, – Ehrenwort darauf – mein Ehrenwort.»

Jetzt hat der auch schon Bushido, natürlich jetzt auf einmal, dachte der Fuchs ärgerlich, grinste aber ebenfalls gewinnend.

Dann zog sich die ganze Gesellschaft hinter den Felsen zurück und überbot sich in heiteren und liebenswürdigen Redensarten.

Das Kamel machte wirklich einen überwältigend vornehmen Eindruck.

Es trug den Schnurrbart mit den Spitzen nach abwärts nach der neuesten mongolischen Barttracht «Es ist mißlungen» und ein Monokel – ohne Band natürlich – im linken Auge.

Staunend ruhten die Blicke der vier auf den scharfen Bügelfalten seiner Schienbeine und der sorgfältig zur Apponyikrawatte geschlungenen Kehlmähne.

Sakerment, Sakerment, dachte sich der Panther und verbarg verlegen seine Krallen, die schwarze, schmutzige Ränder hatten vom Kartenspiel.

— — — — — — — — — — —

Leute von guten Sitten und feinem Takt verstehen einander gar bald.

Nach ganz kurzer Zeit herrschte das denkbar innigste Einvernehmen, so daß man beschloß, für immer beisammen zu bleiben.

Von Furcht war bei dem vornehmen Kamel begreiflicherweise keine Rede mehr, und jeden Morgen studierte es «The Gentleman's Magazine» mit derselben Gelassenheit und Ruhe wie früher in den Tagen der Zurückgezogenheit.

Zuweilen wohl des Nachts – hie und da – fuhr es aus dem Schlafe mit einem Angstschrei auf, entschuldigte sich aber stets lächelnd mit dem Hinweis auf die nervösen Folgen eines bewegten Vorlebens.

— — — — — — — — — — — — — — — — — — — — — —

Immer sind es einige wenige Auserwählte, die ihrer Umgebung und ihrer Zeit den Stempel aufdrücken. Als ob ihre Triebe und ihr Fühlen wie Ströme geheimnisvoller lautloser Überredungskunst sich von Herz zu Herz ergössen, schießen heute Gedanken und Ansichten auf, die gestern noch mit kindlicher Angst das zagende, sündenreine Gemüt erfüllt hätten und die vielleicht schon morgen das Recht der Selbstverständlichkeit werden erworben haben.

So spiegelte sich schon nach wenigen Monaten der erlesene Geschmack des vornehmen Kamels überall wider.

Nirgends mehr sah man plebejische Hast.

Mit dem stetigen, gelassenen, diskret schwingenden Schritte des Dandy promenierte der Löwe – weder rechts noch links blickend, und zum selben Zwecke wie weiland die vornehmen Römerinnen trank der Fuchs täglich Terpentin und hielt streng darauf, daß auch in seiner gesamten Familie ein gleiches geschah.

Stundenlang polierte der Panther seine Krallen mit Onglissa, bis sie rosenfarbig in der Sonne glänzten, und ungemein individuell wirkte es, wenn die Würfelnattern stolz betonten, sie seien gar nicht von Gott erschaffen worden, sondern, wie sich jetzt herausstellte, von Kolo Moser und der «Wiener Werkstätte» entworfen.

Kurz, überall sproßte Kultur auf und Stil, und bis in die konservativsten Kreise drang modernes Fühlen.

Ja, eines Tages machte die Nachricht die Runde, sogar das Nilpferd sei aus seinem Phlegma erwacht, frisiere sich rastlos die Haare in die Stirne (sogenannte Giselafransen) – und bilde sich ein, es sei der Schauspieler Sonnental.

– – – – – – – – – – – – – – – – – – – – – – – – –

Da kam der tropische Winter.

Krschsch, Krschsch, Prschsch, Prschsch, Krschsch, Prschsch.

So ungefähr regnet es zu dieser Jahreszeit in den Tropen. Nur viel länger.

Eigentlich immerwährend und ohne Unterlaß von Abend bis früh, von früh bis Abend.

Dabei steht die Sonne am Himmel, mies und trübfarbig wie ein Lebkuchen.

Kurz, es ist zum wahnsinnig werden.

Natürlich wird man da gräßlich schlecht aufgelegt. Gar wenn man ein Raubtier ist.

Statt sich nun eben jetzt eines möglichst gewinnenden Benehmens zu befleißen – schon aus Vorsicht –, schlug ganz im Gegenteil das vornehme Kamel des öfteren einen ironisch überlegenen Ton an, besonders, wenn es sich um wichtige Modefragen, Schick und dergleichen handelte, was naturgemäß Verstimmung und *mauvais sang* erzeugen mußte.

So war eines Abends der Rabe in Frack und schwarzer Krawatte gekommen, was dem Kamel sofort Anlaß zu einem hochmütigen Ausfall gab.

«Schwarze Krawatte zum Frack darf man – man sei denn ein Sachse – bekanntermaßen nur bei einer einzigen Gelegenheit tragen» – hatte Tschitrakarna fallen lassen und dabei süffisant gegrinst.

Eine längere Pause entstand, – der Panther summte verlegen ein Liedchen, und niemand wollte zuerst das Schweigen brechen, bis sich der Rabe doch nicht enthalten konnte, mit gepreßter Stimme zu fragen, welche Gelegenheit das denn sei.

«Nur wenn man sich begraben läßt», hatte die spöttische Erklärung gelautet, die ein herzliches, den Raben aber nur noch mehr verletzendes Gelächter auslöste.

Alle hastigen Einwendungen wie: Trauer, enger Freundeskreis, intime Veranstaltung usw. usw. machten die Sache natürlich nur noch schlimmer.

Aber nicht genug damit, ein anderes Mal – die Sache war längst vergessen – als der Rabe mit einer weißen Krawatte, jedoch im Smoking erschienen war, brannte das Kamel in seiner Spottlust förmlich nur darauf, die verfängliche Bemerkung anzubringen:

«Smoking? Mit *weißer* Krawatte? Hm! wird doch nur während *einer* Beschäftigung getragen.»

«Und die wäre?» war es dem Raben voreilig herausgefahren.

Tschitrakarna hüstelte impertinent: «wenn Sie jemand rasieren wollen.» – – –

Das ging dem Raben durch und durch.

In diesem Augenblick schwor er dem vornehmen Kamel Rache bis in den Tod.

— — — — — — — — — — — — — — — — — — — — — — —

Schon in wenigen Wochen fing infolge der Jahreszeit die Beute für die vier Fleischfresser an, immer knapper und spärlicher zu werden, und kaum wußte man, woher auch nur das Allernötigste nehmen.

Tschitrakarna genierte das natürlich nicht im geringsten; stets bester Laune, gesättigt von prächtigen Disteln und Kräutern, lustwandelte es, wenn die andern mit aufgespannten Regenschirmen fröstelnd und hungrig vor dem Felsen saßen, in seinem raschelnden wasserdichten Macintosh – leise eine fröhliche Melodie pfeifend – in allernächster Nähe. Man kann sich den steigenden Unwillen der vier leicht vorstellen.

Und das ging Tag für Tag so!

Mitansehen müssen, wie ein anderer schwelgt und selbst dabei verhungern!!!

«Nein, hol's der Teufel», hetzte eines Tages der Rabe (das vornehme Kamel war gerade in einer Premiere), «hauen wir doch dieses idiotische Gigerl in die Pfanne. Tschitrakarna!! Hat man denn etwas von dem Binsenfresser? – Bushido! – natürlich Bushido! – ausgerechnet jetzt im Winter; so ein Irrsinn. Und unseren Löwen – – bitte, sehen Sie doch nur, wie er von weitem aussieht jetzt, – wie ein Gespenst – – unseren Löwen, den sollen wir glatt verhungern lassen, hm? Das ist vielleicht auch Bushido, ja?»

Der Panther und der Fuchs gaben dem Raben rückhaltlos recht.

Aufmerksam hörte der Löwe die drei an, und das Wasser lief ihm zu beiden Seiten aus dem Maul, während sie ihm Vorstellungen machten.

«Töten? – Tschitrakarna?» – sagte er dann. «Nicht zu machen; gänzlich ausgeschlossen; Pardon, ich habe doch mein Ehrenwort gegeben», und erregt ging er auf und nieder.

Aber der Rabe ließ nicht locker: «Auch nicht, wenn es sich von selbst anbieten würde?»

«Das wäre natürlich etwas anderes», meinte der Löwe. «Wozu aber alle diese dummen Luftschlösser!» Der Rabe warf dem Panther einen heimtückischen Blick des Einverständnisses zu.

In diesem Augenblick kam das vornehme Kamel nach Hause, hängte Opernglas und Stock an einen Ast und wollte eben einige verbindliche Worte sagen, da flatterte der Rabe vor und sprach: «Weshalb sollen alle darben: – besser drei satt, als vier hungrig. Lange habe ich – – – – –»

«Verzeihen Sie recht sehr, ich muß aber hier schon allen Ernstes – schon als Älterer – auf dem Rechte des Vortrittes bestehen», damit schob ihn der Panther – nach einem kurzen Wortwechsel mit dem Fuchs – höflich aber bestimmt zur Seite mit den Worten:

«Mich, meine Herrschaften, zur Stillung des allgemeinen Hungers anzubieten, ist mir nicht nur Bushido, ja sogar Herzenswunsch; ich äh – – ich äh – – –»

«Lieber, lieber Freund, wo denken Sie hin», unterbrachen ihn alle, auch der Löwe (Panther sind bekanntlich ungemein schwierig zu schlachten), «Sie glauben doch nicht im Ernst, wir würden – ha, ha, ha.»

Verdammte Geschichte, dachte sich das vornehme Kamel, und eine böse Ahnung stieg in ihm auf. Ekelhafte Situation; – – aber Bushido, – übrigens – – ach was, einmal ist's ja schon geglückt, also Bushido!!

Mit lässiger Gebärde ließ es das Monokel fallen und trat vor.

«Meine Herren, äh, ein alter Satz sagt: Süß und ehrenvoll ist es, fürs Gemeinwohl zu sterben! Wenn ich mir also gestatten darf – – –»

Es kam nicht zu Ende.

Ein Gewirr von Ausrufen ertönte: «Natürlich, Verehrtester, dürfen Sie», hörte man den Panther höhnen.

«Fürs Gemeinwohl zu sterben, juchhu, – dummes Luder, ich werde dir geben Smoking und weiße Krawatte», gellte der Rabe dazwischen.

Dann ein furchtbarer Schlag, das Brechen von Knochen, und Harry S. Tschitrakarna war nicht mehr. – – – – – – –

Tja, Bushido ist eben nicht für Kamele.

## AMADEUS KNÖDLSEDER, DER
## UNVERBESSERLICHE LÄMMERGEIER

«Knödlseder, schleich dich!» hatte der bayerische Steinadler Andreas Humplmeier gesagt und das Fleischstück, das des Wärters spendende Hand durchs Gitter gesteckt, brüsk an sich gerissen.

«Sauviech, verfluachts», schimpfte, vor Wut außer sich, der hochbetagte, in der langen Gefangenschaft bereits kurzsichtig gewordene Lämmergeier – denn dies war der solchergestalt auf geringschätzige Weise Angeredete, flog auf eine Stange und spuckte dünn nach seinem Widersacher.

Doch Humplmeier ließ sich nicht beirren; den Kopf in die schützende Ecke gesteckt, verzehrte er das Fleisch, hob nur verächtlich die Schwanzfedern und höhnte: «Geh her! Kriagst a Watschn.»

Es war nun schon das drittemal, daß Amadeus Knödlseder um sein Abendessen kam!

«Das geht nicht länger so weiter», brummte er und schloß die Augen, um das unverschämte Grinsen des Marabus nebenan im Käfig nicht zu sehen, der regungslos im Winkel saß und angeblich «Gott dankte», – eine Beschäftigung, der er als heiliger Vogel rastlos obliegen zu müssen glaubte, «das geht nicht länger so weiter.»

Knödlseder ließ die Ereignisse der verflossenen Wochen im Geiste an sich vorüberziehen: anfangs, nun ja, da hatte er selbst oft über des Steinadlers urwüchsige Art lächeln müssen; besonders bei einer Gelegenheit: in den anstoßenden Raum waren damals zwei engbrüstige, hochmütige Gesellen – stelzbeinig wie Störche – gebracht worden, und der Steinadler hatte ausgerufen: «Ja, was wär denn jetzt dös? Was seid's denn ös für welche?»

«Wir sind Jungfernkraniche», war die Antwort gewesen.

«Wer's glaubt», hatte der Steinadler zur allgemeinen Heiterkeit gesagt, aber gar bald kehrte sich die Spottlust des rüden Burschen auch gegen ihn: So zum Beispiel besprach er sich heimlich einmal mit einem Raben, der bis dahin ein sehr umgänglicher Kollege gewesen, und sie entwendeten einer unvorsichtigerweise zu nahe am Gitter vorbeifahrenden Kindsfrau aus deren Säuglingswagen einen roten Gummischlauch. Dann legten sie den Schlauch in die Freßmulde, und der Steinadler hatte mit dem Daumen hingedeutet und gesagt: «Amatöus, da hast du eine Wurscht.» Und er – er, der bislang einstimmig als die Zierde des Zoologischen Gartens gegolten, der hochgeehrte königliche Lämmergeier Knödlseder! – hatte es geglaubt, war mit dem Schlauch auf die Stange geflogen, hatte ihn zwischen die Fänge genommen und mit dem Schnabel daran gezogen und gezogen, bis er selbst schon ganz lang und dünn geworden, und dann war das elastische Zeug plötzlich gerissen und er nach hinten heruntergefallen, wobei er sich den Hals scheußlich verrenkte. Unwillkürlich befühlte Knödlseder die noch immer schmerzende Stelle. Wieder schüttelte ihn ein Wutausbruch, aber er bezwang sich rasch, um dem Marabu keinen Anlaß zur Schadenfreude zu geben. Er warf einen raschen Blick hinunter: nein, zum Glück hatte der ekelhafte Kerl nichts bemerkt – er saß im Winkel und «dankte Gott». –

«Heute nacht wird entflohen», beschloß der Lämmergeier nach längerem Hin- und Hergrübeln endlich bei sich; «besser die Freiheit mit ihren Sorgen ums Dasein, als mit diesen Unwürdigen auch nur einen Tag noch beisammen sein!» –

Ein kurzer Versuch zeigte ihm, daß die Klappe – oben im Käfig am Scharnier durchgerostet – noch immer leicht zu öffnen war, ein Geheimnis, um das er seit geraumer Zeit schon wußte.

Er zog seine Taschenuhr zu Rate: neun Uhr! Also mußte es bald finster werden!

Er wartete noch eine Stunde und packte dann geräuschlos seinen Handkoffer. Ein Nachthemd, drei Taschentücher (er hielt sie ans Auge: mit A. K. gemerkt? ja, es waren die seinigen), sein abgegriffenes Gesangbuch mit dem vierblättrigen Kleeblatt drin und dann – eine Träne der Wehmut feuchtete seine Lider – das alte liebe Bruchband, das, bunt als Brillenschlange bemalt, ihm einst Mütterlein zum Osterfeste, kurz bevor er von Menschenhand aus dem Neste genommen worden, zum Spielen geschenkt hatte. So, das war alles. Zugesperrt und den Kofferschlüssel im Kropfe geborgen.

«Eigentlich sollte ich mir», überlegte Knödlseder, «noch vom Herrn Vorstand ein Leuschnabelzeugnis ausstellen lassen! Man kann nie wissen − −;» aber er verwarf den Gedanken; nicht mit Unrecht sagte er sich, die Direktion des Zoologischen Gartens könnte trotz ihrer sprichwörtlichen Harmlosigkeit seiner Abreise mißbilligend gegenüberstehen. «Nein, lieber noch ein Stündchen schlafen.»

Schon wollte er den Kopf unter den Flügel stecken, da schreckte ihn ein Klappern auf. Er horchte. Es war nichts weiter von Bedeutung: der Marabu, der insgeheim dem Hazard frönte, spielte bei Mondschein unter dem Schutze der Nacht «grad ungrad auf Ehrenwort» mit sich selber. Und das machte er so: er schluckte einen Haufen Kieselsteine und spuckte sie zum Teil wieder aus; war die Zahl ungrad, hatte er «gewonnen». Eine Weile sah der Lämmergeier zu und freute sich mordsmäßig, da der Marabu unausgesetzt verlor, bis wiederum ein Geräusch, − diesmal aus dem künstlichen Zementbaum, der das Innere des Käfigs verschönte, kommend − seine Aufmerksamkeit anderweitig in Anspruch nahm. Es war eine Flüsterstimme, die ihm zuraunte: «Pst, pst, Herr Knödlseder!»

«Ja, was gibts?» antwortete der Lämmergeier ebenso leise und flog lautlos von seiner Stange herab.

Es war ein Igel, der ihn angeredet hatte, zwar auch ein gebürtiger Bayer, aber im Gegensatz zu dem widerwärtigen Steinadler ein schlichter, biederer Charakter und rohen Späßen von Grund aus abhold.

«Sie wollen entfliehen», begann der Igel und wies mit dem Kopf nach dem gepackten Handkoffer. Einen Augenblick überlegte der Lämmergeier, ob er dem Sprecher sicherheitshalber nicht den Kragen umdrehen sollte, aber der offene ehrliche Blick des Wackern entwaffnete ihn. «Kennen S' Ihna denn aber auch in der Gegend bei München aus, Herr Knödlseder?»

«Nein», gab der Lämmergeier betroffen zu.

«No, so seg'n S'. Da kann i Ihna rat'n. Also zerscht, bal S' außa kemman: links ums Eck umi; nacher halten S' Eahna rechter Hand. Na seg'n S' scho selber. Und nacher» − der Igel machte eine Pause, schüttelte sich aus seinem Schmalzlerglas eine Prise Tabak auf die Daumengrube und schnupfte sie zischend auf − «und nacher pfeilgrad füri, bis S' zu aner Oasn kemman − Daglfing hoaßt mer's, na' müass'n S' weiterfrag'n. Und viel Glück auf d' Reis', Herr Nachbar», schloß der Igel und verschwand.

Alles war gut gegangen. Noch vor Tagesgrauen hatte Amadeus Knödlseder vorsichtig die Gitterklappe geöffnet, schnell das Edelweißhütlein und die gestickten Hosenträger Humplmeiers, des Steinadlers, der auf seiner Stange wie eine Brettsäge schnarchte, mit seinen eigenen abgetragenen vertauscht und sich, das Köfferchen in der Linken, in die Lüfte geschwungen. Wohl war bei dem Geräusch der Marabu aus dem Schlummer erwacht, aber ohne etwas zu bemerken, denn er hatte sich sofort, noch schlaftrunken, in den Winkel gestellt und «dankte Gott».

«Eine Flachheit ist das!» brummte der Lämmergeier beim Anblick der träumenden Stadt, wie er durchs rosige Dämmerlicht nach Süden flog, «und so was nennt sich Kunstmetropole!»

Bald war das liebliche Daglfing erreicht, und Amadeus Knödlseder ließ sich herab, um, von der ungewohnten Anstrengung erhitzt, eine Maß Bier käuflich an sich zu bringen.

Gemächlich schlenderte er durch die ausgestorbenen Gassen. Doch weit und breit kein Ausschank, der so früh schon offen gewesen wäre. Ein einziger Laden nur, der eine Ausnahme machte: die «Handlung» von Barbara Mutschelknaus.

Eine Weile musterte der Lämmergeier die bunte Auslage, dann schoß ihm ein Gedanke durch den Kopf. Entschlossen drückte er auf die Klinke.

Schon in der Nacht hatte ihn die Sorge gequält, womit er wohl in der Freiheit sein Dasein fristen sollte. Beute erjagen? Bei *meiner* Kurzsichtigkeit? hatte er sich gefragt.

Hm. Oder eine kleine Guanofabrik errichten? Dazu gehört in erster Linie Essen, und zwar viel, sehr viel Essen; *ex nihilo nihil fit;* – doch jetzt mit einem Male eröffnete sich ihm ein neuer Plan. Er betrat den Laden.

«Teifi, was is denn jetzt dös für a scheißlichs Viech!» kreischte die alte Frau Mutschelknaus beim Anblick des sonderbaren frühen Kunden auf; doch gar bald besänftigte sie sich, als Amadeus Knödlseder ihr freundlich die Wangen tätschelte und in wohlgesetzter Rede zu verstehen gab, er gedenke behufs Vervollständigung seiner Reisetoilette umfangreiche Einkäufe zu machen, wofür hauptsächlich farbige Krawatten aller Arten und Formen in Betracht kämen.

Durch das joviale Benehmen des Lämmergeiers bestrickt, türmte die Alte denn auch in Windeseile ganze Berge der prächtigsten Halsbinden auf den Ladentisch.

Und alles nahm der «gnä Herr» ohne zu feilschen und ließ es in eine große Pappschachtel packen. Nur einen feuerroten Schlips wählte er selbst aus mit dem Ersuchen, ihn an seinem langen kahlen Halse zu befestigen, dabei mit sengendem Blick verführerisch das Liedchen trällernd:

«Ein heißer Kuß von deinem Rosenmundö
erinnert mich
an jenes Morgenrot, hurra;
hurra, hurra!»

«No, die steht Eahna», rief die Alte selig, als die Krawatte endlich richtig saß, «und ausschaugn tuan S' (wie ein Schnallentreiber, hätte sie beinahe gesagt) – wie ein leibhaftiger Baron.»

«So, nun noch ein Glas Wasser, liebe Frau, wenn ich bitten darf», flötete der Lämmergeier.

Dienstbeflissen eilte die Betörte in die rückwärtigen Gefilde des Hauses; doch kaum war sie dem Blick entschwunden, ergriff Amadeus Knödlseder die Pappschachtel, stürmte ohne zu zahlen aus dem Laden und schwebte in der nächsten Minute dem klaren Himmelszelt zu. Wohl gellte alsbald eine Flut von Verwünschungen seitens der geschädigten Handelsfrau in die Luft, doch ohne jeglichen Gewissensbiß – im linken Fang den Handkoffer, rechts die gefüllte Pappschachtel – gaukelte der Ruchlose fürbaß durch den blauen Äther.

Erst spät am Nachmittage – die scheidenden Strahlen des zur Rüste gehenden Sonnenballes schickten sich bereits an, die roterglühenden Alpengipfel zu küssen – lenkte er seinen Flug erdwärts. Der balsamische Duft der heimatlichen Bergwelt umfächelte kosend sein Antlitz, und trunken schwelgte das Auge in köstlichem Fernblick.

Melodisch klang aus grünenden Triften der schwermütige Gesang der Hirtenknaben empor zum schwindelnden Firn, gar lieblich durchflochten von dem Silberschall der heimziehenden Herden. Von dem richtigen Instinkt des Sohnes der Lüfte geleitet, erkannte Amadeus Knödlseder gar bald zu seiner Freude, daß ein günstiges Schicksal wohlwollend seine Schwingen gelenkt und ihn in die Nähe eines wohlhabenden Murmeltierstädtchens geführt hatte.

Wohl suchten die Bewohner sofort bei seinem Erscheinen den schützenden Herd auf und schlossen die Türen, aber rasch legte sich ihre Furcht, als sie sahen, daß Knödlseder einem greisen Hamster, der in der Ortschaft ein Getreidegeschäft leitete und nimmer schnell genug hatte fliehen können, nicht nur kein Haar krümmte, vielmehr ehrerbietig vor ihm den Hut zog, um Feuer bat und sich nach einer Herberge erkundigte.

«Sie sind gewiß kein Hiesiger, nach dem Dialekt zu schließen?» fragte er, leutselig ein längeres Gespräch anknüpfend, als ihm der Hamster, vor Zittern kaum der Rede fähig, die gewünschte Auskunft erteilt hatte.

«Nein, nein», stotterte der alte Herr.

«Wohl aus dem Süden?»

«Nein. Aus – aus Prag.»

«Demnach mosaischen Glaubensbekenntnisses, wie?» forschte Amadeus Knödlseder und drückte lächelnd ein Auge zu.

«Ich? I-ich? Was denken Sie von mir, Herr Lämmergeier!» leugnete der Hamster in seiner Angst, möglicherweise einen Russen vor sich zu haben, drauflos. «Ich mosaisch? Im Gegenteil, ich war doch zehn Jahre lang Schabesgoj bei einer zwar jüdischen, aber armen Familie!»

Nachdem der Lämmergeier sich noch eingehend über alles Mögliche erkundigt und insbesondere seiner hohen Freude Ausdruck verliehen, daß es im Städtchen keinerlei wie immer geartete Nachtlokale gab, entließ er den Ärmsten, der von beständiger Furcht inzwischen beinahe den Veitstanz bekommen hatte, und begab sich auf die Suche nach einer Wohnung.

Das Glück lächelte ihm, und noch ehe die Nacht hereinbrach, war es ihm gelungen, auf dem Marktplatz einen schmucken Laden mit anstoßender Kammer sowie Nebenräumen, die alle ihre eigenen Ausgänge hatten, zu mieten.

Friedlich flossen Tage und Wochen dahin, die Bürgerschaft hatte ihre Besorgnisse längst fahren lassen, und fröhliches Gemurmel belebte wiederum von früh bis spät die Straßen.

Fein säuberlich mit Rundschrift auf ein Brett geschrieben stand über dem neuen Laden zu lesen:

Krawattengeschäft in allen Farben,
ausgeübt
von
Amadeus Knödlseder.
(Braune Rabattmarken.)

und gaffend staute sich die Menge vor den ausgestellten Herrlichkeiten.

Früher, wenn die Wildenten – protzig, daß ihnen die Natur so schöne grünschillernde Halsbinden geschenkt – in Schwärmen vorübergezogen kamen, hatte jedesmal Verstimmung und Bitterkeit im Orte geherrscht – wie anders war das jetzt geworden! Wer halbwegs auf Rang und Ansehen hielt, besaß einen Schlips von primissima Qualität, aber noch viel, viel greller. Da gab's rote und blaue, dieser trug einen gelben, jener einen gewürfelten, und gar der Herr Bürgermeister, der hatte einen so langen, daß er sich beim Gehen beständig mit den Vorderpfoten dreinverwickelte.

Die Firma Amadeus Knödlseder war in aller Munde, und der Inhaber galt als Vorbild für sämtliche Untertanentugenden. Sparsam, fleißig, erwerbsfreudig und mäßig (er trank bloß Limonade).

Tagsüber bediente er vorn im Laden die Kundschaft: nur zuweilen führte er besonders wählerische Käufer in das rückwärtige Zimmer, wo er dann auffallend lang zu verweilen pflegte, wahrscheinlich um Eintragungen im Hauptbuch vorzunehmen; wenigstens hörte man ihn in solchen Fällen oft und laut rülpsen – bei Kaufleuten seiner Branche stets ein Zeichen angestrengter, geistiger Tätigkeit.

Daß der betreffende Käufer das Geschäft niemals wieder durch das vordere Lokal verließ, war nicht weiter befremdlich. Gab es doch so viele rückwärtige Ausgänge.

In den Stunden nach Feierabend liebte es Amadeus Knödlseder, auf einem steilen Schroffen zu sitzen und schwärmerische Weisen auf der Schalmei zu blasen, bis er die heimlich Angebetete seines Herzens – ein ältliches Gemsenfräulein mit Hornbrille und schottischem Plaid – auf dem schmalen Felsenbande gegenüber einhertrippeln sah. Dann grüßte er stumm und ehrerbietig. Und sie dankte mit züchtigem Neigen des Köpfchens. Man munkelte bereits, die beiden würden ein Paar werden, und alle, die um die zarten Beziehungen wußten, konnten sich nicht genugtun in Ausrufen der Bewunderung, wie erfreulich es doch sei, die segensreiche Wirkung gesitteten Lebenswandels selbst bei einem erblich so schwer belasteten Individuum, wie es ein Lämmergeier naturgemäß sein mußte, mit eigenen Augen ansehen zu dürfen.

Daß trotzdem keine rechte Freude unter den Bewohnern des Murmeltierstädtchens einziehen wollte, war lediglich dem ebenso befremdenden wie betrüblichen Umstande zuzuschreiben, daß die Zahl der Bürgerschaft auf erschreckende Weise und ohne ersichtlichen Grund abnahm, sozusagen von Woche zu Woche abnahm. Fast keine Stunde verging, ohne daß nicht irgendein Familienmitglied als «vermißt» gemeldet wurde. Man riet auf dies, man riet auf jenes, man wartete – aber nie kehrte eins der Verschollenen jemals wieder.

Eines Tages fehlte sogar – das Gemsenfräulein! Man fand ihr Riechfläschchen auf dem Felsenbande; sie selbst mußte infolge eines Schwindelanfalles verunglückt sein.

Amadeus Knödlseders Schmerz kannte keine Grenzen.

Immer wieder und wieder stürzte er sich mit ausgebreiteten Schwingen hinab in den Abgrund – wie er sagte, um die Leiche der Teuern zu suchen. Oder er saß in der Zwischenzeit, einen Zahnstocher im Schnabel, unverwandt in die Tiefe starrend, am Rande der Schlucht.

Sein Krawattengeschäft vernachlässigte er ganz und gar. – – –

Da, eines Nachts, enthüllte sich Schreckliches! Der Besitzer des Hauses, in dem der Lämmergeier wohnte, – ein alter, mürrischer Murmler, – erschien auf der Polizei und verlangte die sofortige zwangsweise Öffnung des Ladens, sowie die Beschlagnahme der darin befindlichen Waren seines Mieters, da er nicht länger gesonnen sei, auf Zahlung des schuldigen Zinses zu warten.

«Hm! Seltsam. Herr Knödlseder sollte die Miete nicht gezahlt haben?» – der Beamte mochte es gar nicht glauben – und ob Herr Knödlseder denn nicht zu Hause sei? Man brauche ihn doch nur zu wecken!

«Der, und zu Hause?» – der alte Murmler lachte schrill auf – «der? Der kommt doch nie vor fünf Uhr früh heim und dann jedesmal schwer besoffen!»

«So?! Besoffen?!» – der Beamte gab seine Befehle.

Der erste Morgenschein zog bereits herauf, und noch immer arbeiteten die Schergen schweißtriefend an dem schweren Vorhängeschloß, das den rückwärtigen Teil des Krawattenladens versperrte.

Eine aufgeregte Menge flutete auf dem Marktplatz hin und her.

«Schuldbare Krida»! – «Nein: Wechselreiterei», lief es von Schnauze zu Schnauze.

«Tj, schuldbare Krida! – Ihnen gesaaagt! Tj. Ich versteh immer: schuldbare Krida?» höhnte gestikulierend der greise Hamster, der sich ebenfalls eingefunden hatte, dazwischen; – es war das erstemal seit jenem schreckhaften Zusammentreffen mit Knödlseder, daß er sich wieder in der Öffentlichkeit zeigte.

Die allgemeine Unruhe wuchs und wuchs.

Selbst die feinen Murmeltierdämchen, die, in kostbare Pelze gehüllt, nach Hause fuhren von Lustbarkeit und Mummenschanz, ließen halten, reckten die Hälschen und fragten, was es gäbe.

Plötzlich ein Krachen: die Türe war dem Drucke gewichen.

Grauenvoll, was sich da den Blicken bot!

Ein bestialischer Gestank entströmte der geöffneten Kammer, und wohin sich das Auge wandte: ausgespienes Gewöll, fast bis zur Decke hinauf: abgenagte Knochen, Gebein auf den Tischen, Gebein auf den Regalen, selbst in den Schubladen und im Geldschrank: Gebein und Gebein.

Entsetzen lähmte die Menge; jetzt war mit einem Schlage klar, wohin alle die Vermißten gekommen waren. Knödlseder hatte sie gefressen und ihnen die verkaufte Ware wieder abgenommen – ein zweiter «Juwelier Cardillac» im Roman des Fräuleins von Scuderi!

«Nu, was i–is mit der schuldbaren Krida? Waas?» höhnte schon wieder der Hamster. Man umringte ihn und staunte ihn an, daß er so klug gewesen und sich und seine Familie ferngehalten hatte von dem Verkehr mit dem tückischen Mordbuben.

«Wie konnte es nur sein, Herr Kommerzienrat», riefen alle durcheinander, «daß Sie allein ihm mißtrauten? Man *mußte* doch annehmen, er habe sich gebessert und – – –»

«Ä Lämmergeier und sich bessern?!» rief höhnisch der Hamster, drückte die Fingerspitzen zusammen, als hielte er eine Prise Salz darin, und bewegte sie vor den Augen seiner Zuhörer ausdrucksvoll hin und her: «was ämol ä Lämmergeier is, is ä Lämmergeier und bleibt ä Lämmergeier und wird ä Lämmergeier bleiben, bis – –» er kam nicht weiter: laute, menschliche Stimmen näherten sich. Touristen!

Im Nu waren sämtliche Murmeltiere verschwunden.

Er auch.

«Herrlich! Zückend! So'n Sonnenaufgang! Achch!» schrillte die eine Menschenstimme. Sie gehörte einer spitznasigen, idealgesinnten Jungfrau an, die gleich darauf, an ihren Bergstock geschmiegt, das Hochplateau betrat, den Busen wogend, so gut es gehen wollte, und die treuherzigen Augen rund und offen wie Spiegeleier. Nur nicht so gelb! (Sondern veilchenblau): «achch! Nu, im Angesicht der 'zükkenden Natua – wo allens so schön ist – dürfen Se auch nich mehr sagen, Herr Klempke, was Se unten im Tale üwah das italien'sche Volk gesacht haben. Sie werden sehen, wenn der Kriech ma' vorüwer ist, werden die Italienah die ersten sein, die komm' und uns die Hand hinstrecken und sagen:

‹Liewes Deutschland, verzeih uns, awa wir haben uns – gebessert.›»

# Epilog

# G. M.

«Mackintosh ist wieder hier, das Mistviech.»

Ein Lauffeuer ging durch die Stadt.

George Mackintosh, den Deutschamerikaner, der vor fünf Jahren allen adieu gesagt, hatte jeder noch gut im Gedächtnis, – seine Streiche konnte man gerade so wenig vergessen wie das scharfe, dunkle Gesicht, das heute wieder auf dem «Graben» aufgetaucht war. –

Was will denn der Mensch schon wieder hier?

Langsam, aber sicher war er damals weggeekelt worden; – alle hatten daran mitgearbeitet, – der mit der Miene der Freundschaft, jener mit Tücke und falschen Gerüchten, aber jeder mit einem Quentchen vorsichtiger Verleumdung – und alle diese kleinen Niederträchtigkeiten ergaben schließlich zusammen eine so große Gemeinheit, daß sie jeden anderen Mann wahrscheinlich zerquetscht hätte, den Amerikaner aber nur zu einer Abreise bewog. – – –

Mackintosh hatte ein Gesicht, scharf wie ein Papiermesser, und sehr lange Beine. Das allein schon vertragen die Menschen schlecht, die die Rassentheorie so gerne mißachten.

Er war schrecklich verhaßt, und anstatt diesen Haß zu verringern, indem er sich landläufigen Ideen angepaßt hätte, stand er stets abseits der Menge und kam alle Augenblicke mit etwas neuem: – Hypnose, Spiritismus, Handlesekunst, ja eines Tages sogar mit einer symbolistischen Erklärung des Hamlet. – Das mußte natürlich die guten Bürger aufbringen und ganz besonders keimende Genies, wie z. B. den Herrn Tewinger vom Tageblatt, der soeben ein Buch unter dem Titel «Wie ich über Shakespeare denke» herausgeben wollte.

- - - - - - - - - - - - - - - - - - - - - - - - -

Und dieser «Dorn im Auge» war wieder hier und wohnte mit seiner indischen Dienerschaft in der «roten Sonne».

«Wohl nur vorübergehend?» forschte ihn ein alter Bekannter aus.

«Natürlich: vorübergehend, denn ich kann mein Haus ja erst am 15. August beziehen. – Ich habe mir nämlich ein Haus in der Ferdinandstraße gekauft.» –

Das Gesicht der Stadt wurde um einige Zoll länger: – Ein Haus in der Ferdinandstraße! – Woher hat dieser Abenteurer das Geld?! – Und noch dazu eine indische Dienerschaft. – Na, werden ja sehen, wie lange er machen wird! – – – – – – – – – – –

– – – – – – – – – – – – – – – – – – – – – – – –

Mackintosh hatte natürlich schon wieder etwas Neues: Eine elektrische Maschinerie, mit der man Goldadern in der Erde sozusagen wittern könne, – eine Art moderner wissenschaftlicher Wünschelrute. –

Die meisten glaubten es selbstverständlich nicht: «Wenn es gut wäre, hätten das doch schon andere erfunden!»

Nicht wegzuleugnen war aber, daß der Amerikaner während der fünf Jahre ungeheuer reich geworden sein mußte. Wenigstens behauptete dies das Auskunftsbureau der Firma Schnufflers Eidam steif und fest.

– – Und richtig, es verging auch keine Woche, daß er nicht ein neues Haus gekauft hätte. –

Ganz planlos durcheinander; eines auf dem Obstmarkt, dann wieder eines in der Herrengasse, – aber alle in der inneren Stadt. –

Um Gottes willen, will er es vielleicht bis zum Bürgermeister bringen?

Kein Mensch konnte daraus klug werden. –

– – – – – – – – – – – – – – – – – – – – – – – –

«Haben Sie schon seine Visitenkarte gesehen? Da schauen Sie her, das ist denn doch schon die höchste Frechheit, – bloß ein Monogramm, – gar kein Name! – Er sagt, er brauche nicht mehr zu heißen, er hätte Geld genug!»

– – – – – – – – – – – – – – – – – – – – – – – –

Mackintosh war nach Wien gefahren und verkehrte dort, wie das Gerücht ging, mit einer Reihe Abgeordneten, die täglich um ihn waren.

Was er mit ihnen gar so wichtig tat, konnte man nicht und nicht herausbekommen, aber offenbar hatte er seine Hand bei dem neuen Gesetzentwurf über die Umänderung der Schurfrechte im Spiele.

Täglich stand etwas in den Zeitungen, – Debatten für und wider, – und es sah ganz danach aus, als ob das Gesetz, daß man hinfort – natürlich nur außer gewöhnlichen Vorkommnissen – auch mitten in den Städten Freischürfe errichten dürfe, recht bald angenommen werden würde.

Die Geschichte sah merkwürdig aus, und die allgemeine Meinung lautete, daß wohl irgend eine große Kohlengewerkschaft dahinter stecken müsse.

Mackintosh allein hatte doch gewiß kein so starkes Interesse daran, – wahrscheinlich war er nur von irgend einer Gruppe vorgeschoben. – – – – – – – – – – – – – – – – – –

– – – – – – – – – – – – – – – – – – – – – – – –

Er reiste übrigens bald nach Hause zurück und schien ganz vortrefflicher Laune. So freundlich hatte man ihn noch nie gesehen.

«Es geht ihm aber auch gut, – erst gestern hat er sich wieder eine ‹Realität› gekauft, – es ist jetzt die dreizehnte», – erzählte beim Beamtentische im Kasino der Herr Oberkontrollor vom Grundbuchamt. – «Sie kennen's ja: das Eckhaus ‹zur angezweifelten Jungfrau› schräg *vis-à-vis* von den ‹drei eisernen Trotteln›, wo jetzt die städtische Befundhauptkommission für die Inundations-Bezirkswasserbeschau drin ist.»

«Der Mann wird sich noch verspekulieren und so», meinte da der Herr Baurat, – «wissen Sie, um was er jetzt wieder angesucht hat, meine Herren? – Drei von seinen Häusern will er einreißen lassen, das in der Perlgasse – das vierte rechts neben dem Pulverturm – und das *Numero conscriptionis 47184/II.* – Die neuen Baupläne sind schon bewilligt!» –

Alles sperrte den Mund auf.

Durch die Straßen jagte der Herbstwind, – die Natur atmet tief auf, ehe sie schlafen geht.

Der Himmel ist so blau und kalt, und die Wolken so backig und stimmungsvoll, als hätte sie der liebe Gott eigens vom Meister Wilhelm Schulz malen lassen.

Oh, wie wäre die Stadt so schön und rein, wenn der ekelhafte Amerikaner mit seiner Zerstörungswut nicht die klare Luft mit dem feinen Mauerstaub so vergiftet hätte. – – Das aber auch so etwas bewilligt wird!

Drei Häuser einreißen, na gut, – aber alle dreizehn gleichzeitig, da hört sich denn doch alles auf.

Jeder Mensch muß ja schon husten, und wie weh das tut, wenn einem das verdammte Ziegelpulver in die Augen kommt. – –

– – – – – – – – – – – – – – – – – – – – – –

«Das wird ein schön verrücktes Zeug werden, was er uns dafür aufbauen wird. – ‹Sezession› natürlich, – ich möchte darauf wetten», hieß es. –

– – – – – – – – – – – – – – – – – – – – – –

«Sie müssen wirklich nicht recht gehört haben, Herr Schebor! – Was?! gar nichts will er dafür hinbauen? – Ist er denn irrsinnig geworden, – wozu hätte er denn dann die neuen Baupläne eingereicht?» –

– – – – «Bloß damit ihm vorläufig die Bewilligung zum Einreißen der Häuser erteilt wird!» –

– – – – – – – – – – ? ? ? ? ? ? – – – – – – – –

– – – – – – – – – – – – – – – – – – – – – –

«Meine Herren, wissen Sie das Neueste schon», der Schloßbauaspirant Vyskotschil war ganz außer Atem: «Gold in der Stadt, ja wohl, – Gold! Vielleicht grad' hirr zu unsrrn Fißen.»

Alles sah auf die Füße des Herrn von Vyskotschil, die flach wie Biskuits in den Lackstiefeln staken.

Der ganze «Graben» lief zusamen.

«Wer hat da was gesaagt von Gold?» rief der Herr Kommerzienrat Löwenstein.

«Mr. Mackintosh will goldhaltiges Gestein in dem Bodengrund seines niedergerissenen Hauses in der Perlgasse gefunden haben», bestätigte ein Beamter des Bergbauamtes, «man hat sogar telegraphisch eine Kommission aus Wien berufen.»

– – – – – – – – – – – – – – – – – – – – – –

Einige Tage später war George Mackintosh der gefeiertste Mann der Stadt. In allen Läden hingen Photographien von ihm, – mit dem kantigen Profil und dem höhnischen Zug um die schmalen Lippen.

Die Blätter brachten seine Lebensgeschichte, die Sportberichterstatter wußten plötzlich genau sein Gewicht, seinen Brust- und Bicepsumfang, ja sogar, wie viel Luft seine Lunge fasse.

Ihn zu interviewen war auch gar nicht schwer.

Er wohnte wieder im Hotel «zur roten Sonne», ließ jedermann vor, bot die wundervollsten Zigarren an und erzählte mit entzückender

173

Liebenswürdigkeit, was ihn dazu geführt hatte, seine Häuser einzureißen und in den freigewordenen Baugründen nach Gold zu graben:

Mit seinem neuen Apparat, der durch Steigen und Fallen der elektrischen Spannung genau das Vorhandensein von Gold unter der Erde anzeige und der seinem eigenen Gehirn entsprungen sei, hätte er nachts nicht nur die Keller *seiner* Gebäude genau durchforscht, sondern auch die aller seiner Nachbarhäuser, in die er sich heimlich Zutritt zu verschaffen gewußt.

«Sehen Sie, da haben Sie auch die amtlichen Berichte des Bergbauamtes und das Gutachten des eminenten Sachverständigen Professor Senkrecht aus Wien, der übrigens ein alter guter Freund von mir ist.»

– – – – Und richtig, da stand schwarz auf weiß, mit dem amtlichen Stempel beglaubigt, daß sich in sämtlichen dreizehn Bauplätzen, die der Amerikaner George Mackintosh käuflich erworben, Gold in der dem Sande beigemengten, bekannten Form gefunden habe, und zwar in einem Quotienten, der auf eine immense Menge Gold besonders in den unteren Schichten mit Sicherheit schließen lasse. Diese Art des Vorkommens sei bis jetzt nur in Amerika und Asien nachgewiesen worden, doch könne man der Ansicht des Mr. Mackintosh, daß es sich hier offenkundig um ein altes Flußbett der Vorzeit handle, ohne weiteres beipflichten. Eine genaue Rentabilität lasse sich ziffernmäßig natürlich nicht ausführen, aber daß hier ein Metallreichtum erster Stärke, ja vielleicht ein ganz beispielloses Lager verborgen liege, sei wohl außer Zweifel.

Besonders interessant war der Plan, den der Amerikaner von der mutmaßlichen Ausdehnung der Goldmine entworfen und der die vollste Anerkennung der sachverständigen Kommission gefunden hatte. Da sah man deutlich, daß sich das ehemalige Flußbett von einem Hause des Amerikaners anfangend zu den übrigen in komplizierten Windungen gerade unter den Nachbarhäusern hinzog, um wieder bei einem Eckhause Mackintoshs in der Zeltnergasse in der Erde zu verschwinden. –

Die Beweisführung, daß es so und nicht anders sein konnte, war so einfach und klar, daß sie jedem, – selbst wenn er nicht an die Präzision der elektrischen Metallkonstatierungsmaschine glauben wollte – einleuchten mußte.

– – – – War das ein Glück, daß das neue Schurfrecht bereits Gesetzeskraft erlangt hatte. –

Wie umsichtig und verschwiegen der Amerikaner aber auch alles vorgesehen hatte.

Die Hausherren, in deren Grund und Boden plötzlich solche Reichtümer staken, saßen aufgeblasen in den Kaffees und waren des Lobes voll über ihren findigen Nachbar, den man früher so grundlos und niederträchtig verleumdet hatte.

«Pfui über solche Ehrabschneider!»

Jeden Abend hielten die Herren lange Versammlungen und berieten sich mit dem Advokaten des engeren Komitees, was nunmehr geschehen solle.

«Ganz einfach! – Alles genau dem Mr. Mackintosh nachmachen», meinte der, «neue ixbeliebige Baupläne überreichen, wie es das Gesetz verlangt, dann einreißen, einreißen, einreißen, damit man so rasch wie möglich auf den Grund kommt. – Anders geht es nicht, denn schon jetzt in den Kellern nachzugraben, ist nutzlos und übrigens nach § 47 a Unterabteilung Y gebrochen durch römisch XXIII unzulässig.» – –

– – – – Und so geschah es. –

Der Vorschlag eines überklugen ausländischen Ingenieurs, sich erst zu überzeugen, ob nicht Mackintosh am Ende gar den Goldsand auf die Fundstellen heimlich habe hinschaffen lassen, um die Kommission zu täuschen, – wurde niedergelächelt.

– – – – – – – – – – – – – – – – – – – – – – – – – – –

Ein Gehämmer und Gekrach in den Straßen, das Fallen der Balken, das Rufen der Arbeiter und das Rasseln der Schuttwagen, dazu der verdammte Wind, der den Staub in dichten Wolken umherblies! Es war zum Verstandverlieren.

Die ganze Stadt hatte Augenentzündung, die Vorzimmer der Augenklinik platzten fast vor dem Andrang der Patienten, und eine neue Broschüre des Professors Wochenschreiber «über den befremdenden Einfluß moderner Bautätigkeit auf die menschliche Hornhaut» war binnen weniger Tage vergriffen.

Es wurde immer ärger.

Der Verkehr stockte. In dichter Menge belagerte das Volk die «rote Sonne», und jeder wollte den Amerikaner sprechen, ob er denn nicht glaube, daß sich auch unter andern Gebäuden als den im Plane bezeichneten – Gold finden müsse.

Militärpatrouillen zogen umher, an allen Straßenecken klebten die Kundmachungen der Behörden, daß vor Eintreffen der Ministerialerlässe strengstens verboten sei, noch andere Häuser niederzureißen.

Die Polizei ging mit blanker Waffe vor: kaum daß es nützte.

Gräßliche Fälle von Geistesstörung wurden bekannt: In der Vorstadt war eine Witwe nachts und im Hemde auf das eigene Dach geklettert und hatte unter gellem Gekreisch die Dachziegel von den Balken ihres Hauses gerissen.

Junge Mütter irrten wie trunken umher, und arme verlassene Säuglinge vertrockneten in den einsamen Stuben.

Ein Dunst lag über der Stadt, – dunkel, als ob der Dämon Gold seine Fledermausflügel ausgebreitet hätte.

– – – – – – – – – – – – – – – – – – – – – – – – – – – – –

Endlich, endlich war der große Tag gekommen. Die früher so herrlichen Bauten waren verschwunden, wie aus dem Boden gerissen, und ein Heer von Bergknappen hatte die Maurer abgelöst.

Schaufel und Spitzhaue flogen.

– – – – – – – – – – – – – – – – – – – – – – – – – – – – –

Von Gold – – keine Spur! – Es mußte also wohl tiefer liegen, als man vermutet hatte.

– – – – – – – – – – – – – – – – – – – – – – – – – – – – –

– – – – Da! – – ein seltsames riesengroßes Inserat in den Tagesblättern:

> «George Mackintosh an seine teuern Bekannten und die
> ihm so lieb gewordene Stadt!

– – – – – – – – – – – – – – – – – – – – – – – – –

> Umstände zwingen mich, allen für immer Lebewohl zu sagen. Ich schenke der Stadt hiermit den großen Fesselballon, den ihr heute nachmittags auf dem Josefsplatz das erstemal aufsteigen sehen und jederzeit zu meinem Gedächtnisse umsonst benützen könnt. Jeden einzelnen der Herren nochmals zu besuchen, fiel mir schwer, darum lasse ich in der Stadt eine große Visitenkarte zurück.»

«Also doch wahnsinnig!

‹Visitenkarte in der Stadt zurücklassen!› Heller Unsinn!

Was soll denn das Ganze überhaupt heißen? Verstehen Sie das vielleicht?» – So rief man allenthalben.

«Befremdend ist nur, daß der Amerikaner vor acht Tagen seine sämtlichen Bauplätze heimlich verkauft hat!»

– Der Photograph Maloch war es, der endlich Licht in das Rätsel brachte; er hatte als erster den Aufstieg mit dem angekündigten Fesselballon mitgemacht und die Verwüstungen der Stadt von der Vogelperspektive aufgenommen.

Jetzt hing das Bild in seinem Schaufenster, und die Gasse war voll Menschen, die es betrachten wollten.

Was sah man da?

Mitten aus dem dunkeln Häusermeer leuchteten die leeren Grundflächen der zerstörten Bauten in weißem Schutt und bildeten ein zackiges Geschnörkel:

«G M»

Die Initialen des Amerikaners!

– – – – Die meisten Hausherren hat der Schlag getroffen, bloß dem alten Herrn Kommerzienrat Schlüsselbein war es ganz wurst. Sein Haus war sowieso baufällig gewesen.

Er rieb sich nur ärgerlich die entzündeten Augen und knurrte:

«Ich hab's ja immer gesagt, für was Ernstes hat der Mackintosh nie ä Sinn gehabt.»

## AUSWAHL UND TEXTGESTALT
## DIESER AUSGABE

Die Erzählungen Meyrinks – viele von Ihnen waren zunächst für die satirische Wochenzeitschrift *Simplicissimus* verfaßt worden – entziehen sich der eindeutigen Klassifizierbarkeit: Unter ihnen finden sich Polemiken mit parodistischem Einschlag, satirische Porträts der wilhelminischen und der österreichischen Gesellschaft, gelegentlich in der Form von Tierfabeln, Grotesken mit eingestreuten ironischen Anspielungen, aber auch Erzählungen, die eher dem Genre der phantastischen Literatur zuzurechnen sind und die erst durch die Schlußpointe eine satirische Wendung nehmen.

Für die vorliegende Ausgabe wurden neben den Fabeln viele der komisch-satirischen oder den Bereich des Grotesken streifenden Erzählungen ausgewählt; die Arbeiten, die eher dem Bereich der Phantastik zuzurechnen sind, wurden nicht berücksichtigt. Aufgenommen wurden dabei auch alle diejenigen Erzählungen, die noch in der ersten Ausgabe von *Des deutschen Spießers Wunderhorn* von 1913 (1916 in Österreich verboten) enthalten waren, aber in der ersten Ausgabe der *Gesammelten Werke* (1917) nicht erscheinen durften. (Dies sind im einzelnen: «Die Erstürmung von Serajewo», «Der Saturnring», «Schöpsoglobin», «Das verdunstete Gehirn», «Petroleum, Petroleum».)

Manche der Beiträge hat der Autor in Buchform nicht nur in *Des deutschen Spießers Wunderhorn* bzw. in der Sammlung *Fledermäuse* publiziert, sondern sie auch für andere kleine Auswahlbände herangezogen und dabei gelegentlich geringfügig überarbeitet.

Die in dieser Sammlung wiedergegebenen Texte stützen sich auf folgende Ausgaben:

Gustav Meyrink: *Gustav Meyrink contra Gustav Frenssen. Jörn Uhl und Hilligenlei*, München 1908 – «Jörn Uhl»

Gustav Meyrink: *Des deutschen Spießers Wunderhorn. Gesammelte Novellen*, 3 Bde., München 1913; Bd. 1: «Das Wildschwein Veronika», «Die Erstürmung von Serajewo», «Der Saturnring», «Schöpsoglo-

bin»; Bd. 2: «Wozu dient eigentlich weißer Hundedreck?», «Das
Buch Hiopp», «Das verdunstete Gehirn», «Der heiße Soldat»; Bd. 3:
«Montreux», «Petroleum, Petroleum», «Die schwarze Kugel», «G. M.»

Gustav Meyrink: *Fledermäuse. Ein Geschichtenbuch,* in: *Gesammelte Werke,* Bd. 6, Leipzig [1917] – «Amadeus Knödlseder, der
unverbesserliche Lämmergeier»

Gustav Meyrink: *Der Löwe Alois und andere Geschichten,* Dachau
[1917] – «Die Geschichte vom Löwen Alois», «Meine Qualen und
Wonnen im Jenseits» [darin: Name des Originalverlags im Text
getilgt], «Tschitrakarna, das vornehme Kamel»

Gustav Meyrink: *Der violette Tod und andere Novellen,* Leipzig
[1922] (Reclams Universal-Bibliothek Nr. 6311) – «Das dicke Wasser»,
«Das Automobil», «Blamol», «Der violette Tod»

Der Wortlaut folgt dem jeweils angegebenen Original; gelegentliche Schreibfehler wurden – allerdings unter größtmöglicher Beibehaltung der Orthographie der Vorlage – korrigiert. Die Zeichensetzung
wurde behutsam einem moderneren Gebrauch angeglichen, ohne
jedoch in die Eigentümlichkeiten der Meyrink'schen Interpunktion
einzugreifen.

# ERLÄUTERUNGEN

ten Blumen; nach dem österreichischen Maler Hans Makart (1840–1884)

(1607–1701), frz. Schriftstellerin und Figur in der gleichnami-
gen Novelle von E.T.A. Hoffmann

# ZEITTAFEL

1868      Meyrink wird als Gustav Meyer am 19. Januar in Wien geboren; er ist der uneheliche Sohn des württembergischen Staatsministers Freiherr von Varnbüler von und zu Hemmingen und der bayerischen Hofschauspielerin Maria Meyer.

1874–85   Wegen wechselnder Engagements der Mutter Schulbesuche in München, Hamburg und Prag

1885–88   Nach Abschluß des Gymnasiums Besuch der Prager Handelsakademie

1889      Gründung des Bankhauses Meyer & Morgenstern; später Alleininhaber. Meyrink gehört zur Prager Boheme; er beschäftigt sich mit Fragen des Okkulten und gehört mehreren spiritistischen Zirkeln an. Beleidigungsprozesse gegen Offiziere.

1893      Meyrink heiratet Hedwig Aloysia Certl.

1901      Die Erzählung «Der heiße Soldat» wird im Münchner *Simplicissimus* veröffentlicht; der Autor wählt den Künstlernamen Meyrink und liefert bis 1908 regelmäßig Beiträge für die satirische Wochenschrift.

1902      Untersuchungshaft wegen eines Unterschlagungsverdachts; Meyrink wird freigesprochen, ist allerdings ruiniert und verläßt Prag.

1903      *Der heiße Soldat und andere Geschichten*

1904      Meyrink in Wien als Redakteur der satirischen Zeitschrift *Der liebe Augustin*
             *Orchideen. Sonderbare Geschichten*

1905      Scheidung von Hedwig Aloysia Certl und Ehe mit Philomena Bernt

1905/06   Aufenthalt in Montreux

1906      Geburt der Tochter Sybille Felizitas

1907      Wechsel nach München

1908      Geburt des Sohnes Harro Fortunat
             *Wachsfigurenkabinett. Sonderbare Geschichten*

| | |
|---|---|
| 1909–14 | Tätigkeit als Übersetzer zahlreicher Romane von Charles Dickens |
| 1912/13 | Mehrere Bühnenstücke in Zusammenarbeit mit Roda Roda |
| 1911 | Übersiedlung nach Starnberg |
| 1913 | *Des deutschen Spießers Wunderhorn* (3 Bde.) |
| 1915 | *Der Golem* (Roman; ein «Bestseller»-Erfolg) |
| 1916 | *Fledermäuse. Sieben Geschichten* |
| | *Das grüne Gesicht* (Roman) |
| | Verbot der – von deutschnationalen Kreisen attackierten – *Wunderhorn*-Sammlung in Österreich |
| 1921 | *Der weiße Dominikaner* (Roman) |
| 1927 | Meyrink, der sich schon lange mit okkultem und fernöstlichem Gedankengut beschäftigt hat, bekennt sich zum Buddhismus. |
| | *Der Engel vom westlichen Fenster* (Roman) |
| 1932 | Selbstmord des Sohnes Harro |
| 1932 | Gustav Meyrink stirbt am 4. Dezember in Starnberg. |

# INHALT

## *Militär und Vaterland*

## *Kleines Panoptikum*